陶纯◎著

黄土谣

长江出版传媒　长江文艺出版社

图书在版编目（CIP）数据

黄土谣 / 陶纯著. -- 武汉 ：长江文艺出版社，2024.8
ISBN 978-7-5702-2674-0

Ⅰ.①黄… Ⅱ.①陶… Ⅲ.①中篇小说－小说集－中国－当代②短篇小说－小说集－中国－当代 Ⅳ.①I247.7

中国国家版本馆 CIP 数据核字(2024)第 062426 号

黄土谣
HUANGTU YAO

责任编辑：李　艳		责任校对：毛季慧	
封面设计：璞茜设计		责任印制：邱　莉　胡丽平	

出版：长江出版传媒　长江文艺出版社
地址：武汉市雄楚大街 268 号　　邮编：430070
发行：长江文艺出版社
http://www.cjlap.com
印刷：湖北新华印务有限公司

开本：880 毫米×1230 毫米　　1/32　　印张：7.25
版次：2024 年 8 月第 1 版　　2024 年 8 月第 1 次印刷
字数：121 千字

定价：32.00 元

版权所有，盗版必究（举报电话：027—87679308　87679310）
（图书出现印装问题，本社负责调换）

序言：军事文学创作的底气何在

陶 纯

翻一翻世界历史和中国史，你会发现，战争是其最主要和最重要的内容之一，尤其是改朝换代的阶段，更是战端不止，灾祸连连。近现代中国的历史，无疑是一部庞大而复杂的战争史，从鸦片战争到太平天国运动、甲午海战，再到军阀混战、土地革命战争、抗日战争、解放战争，一直到抗美援朝，一百年左右的时间里，战争是常态。战争改写了历史，无数仁人志士的流血牺牲改变了中国的命运。

文学是现实世界的艺术映射，所以古往今来，古今中外，关于战争的文学作品层出不穷。希腊神话故事主要是战争故事；我国的四大文学名著中，《三国演义》和《水浒传》属于典型的军事文学。文学史告诉我们，从古至今，战争文学一直占据文学的半壁江山。反过来说,战争是文学的富矿,值得一代又一代作家前赴后继,深挖细掘。

二十世纪七十年代末期,我在山东省偏远的乡下偶然读到了《苦菜花》《铁道游击队》《敌后武工队》等几部革命历史题材小说,由此狂热地爱上文学,并且在高考中榜后选择了从军之路。四十年过去,我写了几百万字的文学作品,大部分是军事文学;阅读作品,也是偏爱军事文学。世界潮流浩浩荡荡,地球上的战争难以计数,自小说这个文学门类诞生以来,正面描写战争的作品有很多,公认的世界名著中,《战争与和平》写1812年的俄国卫国战争,《飘》写美国南北战争,海明威有几部作品写一战和西班牙内战。苏联有不少作品正面写二战苏德战场,人称"战壕文学",只是现在已经渐渐无人提及。我们解放战争时期的三大战役从规模到战绩历史罕见,可是正面描写它们的优秀长篇小说却乏善可陈。

其实,真正好的小说,尤其是长篇小说,很多都是那些打战争擦边球的作品。这类的好作品实在太多,比如《静静的顿河》《日瓦戈医生》《铁皮鼓》等。《静静的顿河》《日瓦戈医生》写第一次世界大战前后社会剧烈动荡下的俄罗斯(苏联)大地上人们的奋争、苦难与创伤。前者写顿河岸边哥萨克人的战斗生活,后者写动荡年代莫斯科知识分子的内心困惑。《铁皮鼓》主要写二战前后战争阴影下边缘小人物的生活,借总也长不大的侏儒奥斯卡的眼睛透视成年人世界的丑恶。它们不论从题材开掘还是人物的塑造上,都超越了战争本身,超越了前人的作品,获得了艺术上巨大的成功。所以我更喜欢这三部作品,认为它们才是世界战争文学的代表性作品。

事实上,对于小说家而言,正面写战争,往往费力不讨好;主人公不一定非要写拿枪的人,更非写英雄。从本质上说,小说家所写的,通常是特异的、不正常的人物或事件。太常规、太高大的人物,还是让报告文学作家来写更好。因为正面战争由报告文学作家去表现,效果可能更佳。比如中国近现代的几场革命战争,军旅作家王树增几乎都有涉及,他先后写出《长征》《抗日战争》《解放战争》《远东朝鲜战争》等大部头纪实作品,取得了很好的效果。

说到底,小说是作家对客观世界的主观反映或者说是写照,它不是史书,它的任务不是记述战役过程和真人真事,而是塑造典型人物。从这个意义上说,《百年孤独》《羊脂球》《白鹿原》《红高粱》《丰乳肥臀》《尘埃落定》等这一类名著,都用较大篇幅写到战争或者战斗行动,主要人物是在战争状态下,或者说是在战争年代里面临的生存困境,我把它们称之为"泛军事文学"。写战争,不一定写正面强攻,从侧面来展示,艺术效果也许更好——这类作品对我们的重要启示,正是在这里。

中国现当代文学最重量级的小说家如鲁迅、茅盾、巴金、老舍等人以及一批同时代的作家,他们曾经一度生活在战争时期及动荡年代,但是他们都没有写出涉及正面战争的文学作品,很可能与他们没有亲身经历战争、体验战争有一定关系(老舍的《四世同堂》主要写抗战时期北平的市民生活,巴金在新中国成立后仅写过抗美援朝的中篇小说《团圆》,后改编为电影《英雄儿女》)。从新中国成立到"文革"前十七年,是红色经典创作的鼎盛时期,那些早年影响过我的重要作品,基本上都是这个时期出现的。但是随着时间的流逝和社会的变迁,当年那些曾经红火一时的战争经典作品,那些"高大上"的人物设置、陈旧的现实主义创作手法,在被岁月淘洗之后,已经不再吸引当下的读者。社会发展到今天,当代作家再回头去深入历史,重新反思历史、战争和人性,用新的创作手法拿出适合当代人阅读的作品,写出它的当代性、丰富感,进而映射现实,我认为,早该是时候了。

写战争，就得深入地研究战争，把军史和党史装到脑袋里，仔细地消化它，从历史的细节里挖掘出有艺术价值的人物形象。可惜的是，由于种种原因，近年来描写战争的中国当代小说日渐稀少，这与作家缺少对战争的兴趣、体验和研究有关；大多数作家都是写自己眼皮子底下的琐事，这样既省事又不冒风险。影视剧倒是一如既往地对战争和谍战感兴趣，但有不少"雷剧"，粗制滥造的居多，内容重复的多，很多剧目故事都编不圆。同时也反映出，缺乏厚实的文学作品所支撑的影视剧创作，少有精品佳构，是正常现象。

近来有两部作品让我印象深刻。一是迟子建前两年发表的《炖马靴》，这是一个描写抗联战斗生活的短篇小说，细节之绝，让人过目难忘；二是英国作家肯·福莱特的"世纪三部曲"——《巨人的陨落》《世界的凛冬》《永恒的边缘》，作者以不同国家的几个家庭的经历，串联起一百多年的世界历史，构思独特，结构宏大，细微处令人动容，很多战争场面给人与众不同的艺术享受。当然我们更期待中国作家将来写出《静静的顿河》《铁皮鼓》这样的顶级重量作品。人们常说，死亡和爱情是文学永恒的主题，我们的前辈所经历的如此庞杂丰沛的战乱岁月，可以说是一座很大的文学富矿,它多层面、多角度地涵盖了这一永恒主题,很值得后世作家们反复去开掘。实际上,军事文学如果用心经营,更容易出现黄钟大吕般的作品。

如今人们生活在一个富足、和平、安逸的国度,但是国际风云变幻莫测,和平并非一劳永逸,也许战争就在不远处等着我们。作为普通的读者,从文学作品中了解战争、体验战争,进而做到珍惜当下、洞察未来,何乐而不为呢?

2023 年 11 月 30 日

目　录

杀死一个鬼子有多难　　001

黄土谣　　066

暗　香　　135

好天气　　157

小推车　　181

生灵之美　　205

杀死一个鬼子有多难

祖父八十岁以后,基本就不出门了。又过了几年,他突然中风,抢救过来后成了偏瘫。瘫得还不轻,也就是人们常说的半身不遂。其实他是大半身不遂,只有一只胳膊还能动一动,基本上整天卧床,口歪嘴斜流口水,吐字不清还老想说点啥。问他是否要大小便,他前面摇头,后头跟着就尿(拉)裤子。

晚年的祖父有一个爱好——喜欢看电视剧。他当过兵打过仗,身份是老八路,当然喜欢看打仗的片子。前些年拍了不少抗日剧,祖父是最忠实的观众,每天从上午看到晚上,保姆的主要工作之一就是拿遥控器帮他换台,专挑打鬼子的片子给他看。可是看着看着,他开始不满意了,有时气得直翻白眼,嘴里含糊不清地骂道:"……屁……

屁……"保姆不知道老头子为啥不高兴,以为他要撒尿拉屎,便去搀他。他抬起软弱无力的一只老手,拨开保姆的手,抓过遥控器,又拿不住,摔到地上。保姆这才搞明白,他不爱看这个片子,便帮他换台。有一段时间,换来换去,他总是不满意,嘴里不停地发出"屁……屁……"的叫骂声,老是这样。保姆不明所以,给我父亲打电话。父亲在市里当领导,忙得抽不开身,就打电话安排我回去看看。这天我回到干休所,又碰上祖父摔遥控器。透过他的肢体语言,我发现他对正在上演的这部电视连续剧相当不满意。陪他看了一会儿,听他不停地叫骂"屁……屁……"终于搞清楚了,他想说的是"狗屁"。

这部电视剧,正是后来人们常说的那类"抗日神剧",里面的八路打鬼子犹如砍瓜切菜一般,丝毫不费力气:一人端起机枪一扫一大片;一个人抡起大刀片转眼间就砍倒了四个鬼子;一个小不点儿拿弹弓啪啪啪打瞎了三个鬼子的眼。总之,大姑娘小媳妇光屁股的孩子都能轻松杀敌,鬼子个个比猪还蠢、比牛还笨、比驴还傻、比鹅还呆。给人的感觉,他们漂洋过海来中国纯粹就是找虐的!

那天我忽然听到祖父清楚地说了一句:"不是这样子的……"似乎他又重复了一遍,"不是这样子的……"

从这以后,他不再喜欢看抗日的电视剧。到后来,什么剧他也不喜欢看了。他整天昏昏欲睡,半死不活,有气无力。过了没两年,他就去世了。

在我从小到大的成长过程中,祖父给我讲过不少他当年打鬼子的故事。大多数的故事不那么精彩,甚至还挺窝囊、狼狈、可笑、寒碜人。说实在的,小时候听他讲故事讲多了,搞得我一点都没觉得他有什么了不起;干休所有不少老红军、老八路,我总觉得人家别的老干部形象都挺高大的,雄赳赳气昂昂的像个英雄样儿,唯独我的祖父像个来干休所混饭吃的糟老头儿——你听听他那些"英雄事迹",一点都不高大上,真是笑死人,在同学面前我都羞于启齿。

现在,我感觉自己也有点老了,四十好几了,虽然还有点难为情,但还是想在这里讲讲祖父打鬼子的故事。你若是想笑话他,就随便笑话吧,反正他去世好多年,也听不到了。

我查过县志,日本鬼子攻占山东清水县,是在一九三八年十一月份。说是攻占,不太贴切,实际上无人抵抗,日本人可能一枪没放就把小小的县城占了。

上一年的十二月份,日本人打进济南府,很快就有传言说他们要来清水县。传来传去,大半年过去了,并没见日本人露脸。人们提心吊胆过日子,怕鬼子来,一有风吹草动,县城就乱腾一阵子。

清水县是个比较闭塞的鲁西小县,境内无山无水、无矿无物,只有一条窄小的清水河,一头连着黄河,一头拴着京杭大运河。这地方真没什么让人惦记的值钱东西,本地但凡有点本事的人都想出去混日子,日本人不傻,他来这里做什么?喝西北风吗?

就在人们都以为日本人不会来时,他却偏偏来了。那年十一月中旬的一天,晌午头上,正在宿舍午休的祖父听到有人扯着嗓子吼叫,说日本人过了黄河,要进县城了,都快到县城东关了……他赶紧爬起来,看到校园里已经乱成了一锅粥。祖父是清水县中学的校长,手下有三四个男先生,六十多名学生——因为小县城没有那么多上得起中学的人,三间教室经常坐不满。祖父一看这阵势,不敢耽搁,急忙安排几位老师带领学生们往西边走,让八个女生走前头,大伙先出城,然后各自回家避险。人们一窝蜂散去。到了半下午,小县城安静了许多,能跑的都跑了,不能跑的都老实待在家中,大气不敢出。这里的人都还没见过日本鬼子,不知道他们长啥模样,想象中的鬼子一定是凶神恶煞一般,见人就杀,见东西就抢,见房子就烧,见女人就奸,无比可怕。

祖父安排老师带学生们走掉以后,自己却留下了。不大的校园里只剩下他一个人。他当然也想一走了之,但他又舍不得丢下整个学校。想到自己是个读书人,而且是个男性,要啥没啥,日本人还能把他咋样?他们就是想杀人,总得找个理由吧?……祖父合计来合计去,觉得自己留下没啥大不了的,心一横不走了。

那一年我的祖父只有二十三岁。他原是国立山东大学的学生,在青岛(校址在此)读了三年书。盖因为他初恋的女友跟一个军阀的子弟好上了,而且他们三人还是同班同学,祖父不愿看见他们,羞愤之下退了学,在青岛电机厂做了一段时间的工,给人当翻译。有一天,他接到一封电报,说是父亲病重,便匆匆往家赶。从青岛坐胶济铁路线上的火车先到济南,从济南到他的老家冠城不通火车,赶上雨季,路况不好,公共汽车也不是每天都开行,他只好搭了辆骡车往家赶。途经清水县城,晚上在一家饭馆就餐,有个三十多岁、读书人模样的人和他攀谈。二人聊得颇为投机,谈到后来,得知其人是本县县长兼警察局局长高占东。祖父戴高度近视眼镜,身形瘦长,瘦长得有点走形,高县长随口叫他"眼镜",又在心里给他起了另一个绰号"麻秆"。高县长很快摸清麻秆是山东大学的高才生,半途肄业,会英、德两门外语,数理化皆强,遂诚心挽留他担任本县中学的校长。高占东拍着他的肩膀道:"眼镜,本人是县长,说话算数。你先干中学校长,过后再找合适机会让你做教育局局长;当年月薪二十个大洋,以后逐年加薪。"这个事情来得太突然,祖父一时没反应过来,呆愣在那里。高县长又道:"本县长刚到清水上任不久,最想干的事就是发展教育。教育上去了,有了人才,啥事都能办好。"

祖父迟迟不表态。高县长吩咐店家开一瓶高粱酒,亲自给祖父斟了一茶碗,带头喝起来。祖父不胜酒力,很快醉倒,醉意蒙眬中答应了高县长。第二天,高县长专门派了辆马车送他还乡,又着实把祖父感动了一把。

在冠城老家处理完父亲的后事,祖父如约来见高县长。就这样,他当上了清水县中学的校长。校址在城南,这地方清末就是官办的学堂,后来天下不稳、世事纷扰,学校办办停停,但校舍还是完整的,十多间青砖瓦房,还有操场、小型图书馆,看上去比县政府的院落都气派。祖父挥毫写下"清水县中学"五个大字的牌匾,把过去那个不知道什么人写就的已经朽掉的牌匾撤下来。从此,他在这里驻留下来,到此时已经快两年。他比学生大不了几岁,没有架子,很容易和大家伙儿打成一片,学生们敢当面叫他的绰号"麻秆"。在他的主持下,学校越办越兴盛,他本人似乎也找到了归宿——那就是摒弃各种杂念,倾心归隐于一隅,不问世事,抛却红尘,在朗朗读书声中了却一生。

当夜,县城出奇地安静,宛若人都死光了一样,动物们也都噤了声。天亮后人们战战兢兢出门,踏遍全城,连个鬼子毛都没发现,均感惊奇,恍惚以为昨日的一切不过是个梦境。后来才知,鬼子队伍打济南过来,是从这里过境,他们要去攻占大运河边的鲁西重镇聊城。果然三天后传来消息,聊城失陷,守城的范筑先司令阵亡。鲁西地区至此全面沦陷。

县城重新恢复平静。约莫一个礼拜之后,祖父正在给全体同学上英语课,突然校门口一阵喧闹,呼啦啦涌进来二十多名日本兵,还有人把住了校门,只许进不许出。大伙吓得够呛,有人钻到了桌子底下,有人尿了裤子。祖父硬着头皮出去交涉,幸好他看到了熟人高县长在侧,心里微微踏实了些。

鬼子把人统统带到操场上。这是大伙头一回近距离面对鬼子,看到他们的军装是土黄色的,很脏,发出油乎乎的臭味；个个腿短个矮，小眼睛塌鼻子，单眼皮招风耳，相貌丑陋。高占东向一个挎洋刀的鬼子官儿比画几下，转身面向众人道："各位，日本人——不不，是皇军！皇军要在咱清水县城驻扎，看上了中学这块宝地儿，打算在此修筑一个永久性的炮楼……"边说边跺了跺脚。

史学家后来分析，清水县虽无资源可供劫掠，但它地处济南和聊城之间，从济南到聊城，走清水是捷径，所以日本人才决定在这里修建炮楼驻兵。

高占东话没说完，人群发出嗡嗡声。鬼子官儿不高兴了，举刀一挥示意人群安静。他年纪并不大，可能是个少尉，个头更加地矮小，双手戴着黑乎乎的白手套，一双罗圈腿，像刚从地里玩泥巴回来的顽皮少年。高占东张嘴继续往下说，祖父跺两下脚打断他，急呼呼道："高县长！他们咋看上这地方了？"高占东道："人家懂地形，说是县城就数这地方地势高，居高临下。"确实是这样，整个清水县地势一马平川，唯有中学校园建在一个小高坡上，赶上发大水，就这一片不存水；而且中学有十几间坚固的青砖房，炮楼修好之前暂可以住人。

祖父虽然当校长时间不算长，但对这座校园早就建立起了感情，他视学校为家，春节都不回冠城，非要替看门的校工守校园；他还每月拿出一半薪水为学校添置教学器材；现在学校渐渐走上正轨，他希望自己的学生将来有人考上省里和北京的大学……可是，日本人说占就占，而且勒令所有人今天统统搬走，否则格杀勿论！面对一排闪闪发光的刺刀，祖父虽然心里很有些怕，但当着全校师生的面，却不得不硬着头皮问个究竟，便趋前两步道："高县长，那我这学校，咋办呢？"

高占东颇为无奈地摇摇头道："陶校长，你让大伙先回家，等县里找到合适地方再说吧……而且……而且以后要改教日语，课本也得更换。"

祖父一听更急眼——这就是要当亡国奴的架势了！人群发出一片轻微的骚动。鬼子官儿虽然听不懂中国话，但他察言观色，看出祖父不听招呼，尖利地用日本话骂了一句娘。祖父略懂一点儿日语，他听清了，便回敬了一句。鬼子官儿一愣！他没想到这小地方居然还有人懂日语，说不上是惊喜还是羞愤，招手把不远处戴金边眼镜的翻译官叫过来，咕噜了好一阵。祖父大致听明白了，鬼子官儿一是让翻译问问他什么背景；二是说如果他听命于大日本皇军，将任命他为本县教育局局长兼中学校长，薪水多多的。

这位翻译姓胡。胡翻译把鬼子官儿的日本话用中国话一说,人群发出一片嗡嗡声。祖父感到一双双眼睛像小刀一样刺向他,就看他怎么应对了。只见祖父翻个白眼,说:"可以。"人群又发出一片更响的嗡嗡声。祖父续道:"但我有两个条件,一是学校不搬;二是课本不变。"

此言一出,师生们看他的目光瞬间变得温柔了——随即又为他担惊受怕,都看着胡翻译。胡翻译把祖父的原话翻给鬼子官儿,那官儿登时怒了,吐出两个人们都能听懂的字:"八格!"

紧接着,就见两个日本兵端着上了明晃晃刺刀的步枪径直过来。众人都有些傻眼。只见两个鬼子来到祖父面前,其中一个挥起枪托,朝祖父上身抡去。祖父虽然比面前的鬼子高出大半个头,但身材单薄,双腿像麻秆一样,似乎一枪托就能把他打趴下。还好,他下意识地一躲闪,没有砸中,但是眼镜飞了。

没了眼镜,祖父是个睁眼瞎。眼镜飞落一旁,他眼前一片茫然,只好蹲下身子,伸出双手在地上来回摸索。在他的手快要触摸到眼镜时,鬼子伸出刺刀把眼镜挑开。如是反复。祖父不停地被戏弄着,就是寻不到眼镜,其状狼狈不堪,像被耍的猴儿一般。鬼子们见状,哈哈大笑,笑声像牛吼一样。鬼子官儿大声咕噜了一句,胡翻译赶紧大声翻译道:"瞧!这就是东亚病夫!"

鬼子们狂笑不止。六十多个师生为他们的校长汗颜。祖父的脸涨得紫红,在那一刻怒从心头起,恶向胆边生,睁开眉下眼,咬碎口中牙——突然他仰起脖子,像一头发怒的狮子那样,冲着天空吼道:"狗日的欺负中国人!老子要抗日!"

这话一出口,高占东和师生们的脸都吓绿了。场面忽然安静下来。鬼子官儿冲胡翻译咕噜了一句,似乎在问:他说的什么?高占东冲胡翻译眨巴几下眼睛,意思显然是提醒他,千万别照实翻啊,否则陶校长没命了。那胡翻译知道轻重,俯首对鬼子官儿支吾两句,算是应付过去了。

但是,愤怒不已的祖父还没有完。前面说过,他懂一点儿日语,他分明听到那翻译对鬼子官儿道:"东亚病夫刚才说啦,大日本皇军是仁义之师。"祖父感到这是对他的极大侮辱,是可忍孰不可忍!于是,完全被激怒的祖父再一次对着天空吼道:"翻译,你实话告诉他——老子要打鬼子!"

在场的中国人可能除了胡翻译,都被吓得不敢吭声,个个脸发黄、腿发抖。高占东怪祖父太冒失了,沉重地叹口气,摇摇头。胡翻译不想照直翻,想再拿句什么话应付一下。可气急败坏的祖父什么也顾不得了,直接用日语对着鬼子官儿的方位吼道:"听好了——老子要打鬼子!"

鬼子官儿这下完全听明白了,哇哇地叫骂几声,抬手给了胡翻译一记响亮的耳光。与此同时,站在祖父面前的一个鬼子抡起枪托,把祖父狠狠地砸倒在地……

君子一言既出,是收不回来的。祖父出城之前,高占东和他见了一面。高县长望着脸肿得像发面馒头的祖父,感觉好笑,唉声叹了两口气,怪他不识时务,犯了幼稚病。祖父的脸因为肿胀,眼镜戴不上,只好用两根细绳拴在耳朵上,模样相当滑稽。

高县长痛惜道:"麻秆,你一介书生,手不能提肩不能挑,手无缚鸡之力,你拿什么抗日?这叫鸡蛋碰石头——你一万个鸡蛋联合起来,也打不过一块石头!"祖父赌气道:"谁说书生就不能抗日?那辛弃疾、文天祥,也是书生,人家不也青史留名了吗?我就不信这个邪!"高县长摇摇头道:"麻秆呀,不是人人都能成为辛弃疾、文天祥的。听我的,低低头。我带你去见一下加藤有饭少尉,赔个不是,认个错;日本人很爱才,由我担保,他还会委任你担任教育局局长兼中学校长。可不可以?"

祖父鄙夷地望着高占东:"我都这样子了,还去给他赔不是?天下没有这个理!"高占东嘿嘿一笑道:"眼下的中国,你还想讲理？谁枪杆子硬谁他娘的有理！对吧？"停了停,又俯首道,"麻秆兄弟,不瞒你说,原先本县长也想学韩主席拔腿开溜。可是能溜到哪去？他韩复榘不也让蒋委员长给崩了吗？现在我好赖想通了,留下！"祖父道:"你留下干啥？"高占东脖子一扭道:"屁股不挪窝,继续当县长,兼保安大队长——有日本人做后台,以后咱手里就不缺枪弹了！"祖父呆愣了片刻,一双肿胀变形的眼睛怒视着高占东:"姓高的,保安队就是皇协军吧？那就是二鬼子！国难当头,你一条汉子,你这不是当汉奸吗？你这不是自绝于祖宗吗？"

高占东摆摆手,连连叹气道:"麻秆啊,小声点儿。你说谁愿意当汉奸？还不是形势所迫嘛！唉,不瞒你说,我缺钱花,欠一屁股债,留下呢,好赖有个地盘,搞钱容易。唉,这年头,有枪就是爹,有钱就是娘,我不能没有爹,也不能没有娘呀……"

祖父不屑于再跟这个败类交谈下去,转身便走。高占东在他身后道:"麻秆兄弟！请你三思后行,若想回头,随时来找高某……"

祖父的老家在一百多里外的冠城,在清水县他无家可归。按说打鬼子哪里都可以,但是他在这里受了辱,他不想离开清水,他得在这里战斗下去。

祖父在初冬的寒风中艰难行进了两个多小时,才来到他最赏识的学生吴炳章家。吴炳章个头不算高,但是脖子长,因而得绰号"长颈鹿"。吴家是吴楼乡比较富有的财主,宅院比一般人家气派得多,所以不难找。他在吴家住了约半个月,一是疗伤,二是和炳章研究拉队伍打鬼子的事。炳章在他的学生里面思想最为激进,日本人入侵平津之后,他曾跑到济南参加抗日游行,却被他父亲强行拽了回来。他对祖父决心抗日十分赞成。令祖父感到欣慰的是,炳章再三表示跟他抗日到底;令祖父沮丧的是,当初另有四个学生答应跟他干,说好了十一月底到吴家聚齐,结果等到十二月初,一个也没来,显然他们怕了。炳章父母热情地接待祖父,毕竟他是儿子的校长、老师。但是吴父吴瑞发不久即察觉二人天天背着他嘀咕什么抗日的事情,开始警觉。

这可不是闹着玩的。那年月,吃饱穿暖有小日子过的人,谁也不希望自己的孩子操枪弄炮,毕竟面对的是强大而残暴的日本人。所以研究历史你会发现,有钱人家的子弟一般都不在本地抗日,他得跑得远远的,一是不会牵连家人,二是家人也没法扯他后腿。我的祖父坚决不想离开清水,吴炳章当然也不能抛下老师去外地,师生二人只能硬起头皮往下进行。吴瑞发越想越怕,终于忍不下去,委婉地对祖父下了逐客令,并扬言要把儿子送到济南读书。

如果离开吴家,寒冬腊月,滴水成冰,一心想抗日的祖父,别说抗日了,一时连个栖身处都找不到,寒冷都扛不住,冻死荒野也不是没可能。见祖父情绪有些低落,炳章半开玩笑道:"陶校长,如果后悔的话,现在回去找高县长还来得及。"祖父一听就火了,怒视着他最得意的学生道:"长颈鹿!你啥意思?是不是想撵我走?"祖父当下就要赌气收拾行装离开。炳章道:"陶校长,别急嘛。"祖父道:"不要叫陶校长,陶校长没了,死了,以后你叫我眼镜、麻秆都可以。"

翌日王庄镇大集,吴瑞发夫妇唤上长工李三推着独轮车赶集去了,家中一时无人。炳章便和祖父实施早已策划好的方案,当然都是炳章动手,祖父在门口望风。炳章从隐秘处掏出一个瓷坛子,里面是吴家的家底子——五百多个大洋;然后他收拾打包日用衣物和食物,又带上家中的一杆鸟铳、两把大砍刀、三把菜刀。他们把这些东西统统装到一辆架子车上,在吴氏夫妇回家之前,神不知鬼不觉地出了村,然后就消失不见了。

那一年的春节,祖父和炳章是在清水县靠近东江县界的一座破败不堪摇摇欲坠的关帝庙里度过的。这一带人烟相对稀少,周边都是稀稀拉拉的野苇子、荒树林,还有一些无主坟,平时鲜有人来。好在他们的队伍扩大了,不再是两人,而是七个人。第一个来投奔的,是原先在中学看门的校工张二根,因为和县保安队的人吵了几句嘴,被打折三根肋骨,伤好后跑来投奔。他两只眼睛很小很小,人们平时不叫他的名字,都叫他"小眼"。第二个来的,是在县城东关菜场杀猪卖肉的屠夫王七。有一天,两个鬼子来买他的肉,正碰上他老婆过来给他送东西,结果被两个鬼子盯上,拖到树林里轮奸了。他老婆当晚上吊自尽。王七埋了老婆,辗转来到关帝庙。此外,还有一个在路边快要冻死的乞丐,被祖父和炳章救活,他嘴大,人们叫他"大嘴"。另外还来了一个哑巴,力气蛮大,不知他家在何方,反正每天都跟在祖父屁股后面,让干啥干啥。最后一个来的,姓孙,是县城西关五里铺的,屋子被日本人烧了,老娘气得跳了井。他是个铁匠,两颗大门牙特别显眼,人们都叫他"大牙"。

这几人便是祖父最早的班底。

打鬼子需要人,需要武器,需要经费。现在祖父手中只有自己两年来省下的几十块钱,还有炳章从家中顺出的钱,他们得留下一半买给养,另一半打算找高占东买枪。为此祖父跑了一趟县城。去见高占东之前，祖父特意从原先的中学校园附近经过，看到炮楼已经起了两人多高，就竖在操场中央，用石块、青砖、水泥做的，相当坚固。想到心爱的校园被敌人糟蹋成这样，祖父更加坚定了打鬼子的决心。

二人在一个背街的小茶馆见面。听祖父说明来意，高占东认为他开玩笑，愣了半天道："真想干？"

祖父道："君子无戏言！"

高占东摸摸脑门道："麻秆，我敢跟你打赌——若不听话蛮干，你活过今年，活不过明年。"

祖父感到后脑勺冷飕飕的，硬着头皮道："少废话！陶某既然想干，早就置生死于度外。快说，你有无办法搞枪？"

"你真有钱？"一提到钱，高占东两眼放光。

祖父伸出两个手指头："手头暂有二百块。"

原以为二百块钱可以买五六条枪。没想到高占东鼻子一歪，只给两条，一长一短，长的是汉阳造；短的是"单打一"盒子枪——这种枪一次只能发射一发枪弹，打的时候往枪膛里塞一颗子弹，打出去再把弹壳抠出来。枪都是八成新，外加每支枪配三十发子弹。祖父跟他讨价还价，说找人打听过，像这样的两款枪，一百块都用不了。高占东压低声音道:"麻秆我给你说实话,这家伙都是原先警察局的货,我私藏的。这要让皇军知道,我是要送命的!你想,这得冒多大险?想要拿走,二百块,少一文不卖!"停了停,又道,"还有,如果你哪天让日本人给逮着,千万不能说出是从我这儿搞的,决不能连带害我!你就说路上捡来的、散兵游勇们遗弃的。能不能做到?"

祖父买枪心切,诚实地点点头,只要求再加一点弹药,就当中国人帮中国人。最后,高占东答应每条枪配五十发子弹,另外再送六枚木柄手榴弹。当下约了个日子,由高占东派亲信借外出催粮之机把枪弹送出城,祖父派人接应,一手钱一手货。就这样,祖父的队伍算是有了第一批武器。

分手时,高占东搭眼望着祖父,居然有点动情地拍拍他的肩膀,满脸悲戚地摇摇头道:"麻秆呀,我都劝你几回了,你一介书生,操枪弄弹,随时有生命之虞。唉,请放心,若真有那一天,兄弟我自会帮你料理好后事……"

祖父实在不愿听,也害怕听他说这类丧气的话,心里发毛,赶紧走掉了。

春分过后,祖父的队伍打响了武装抗日的第一枪。有个刚入队的新手无意中透露一个消息:日本人三天后要到县城西南十里外的西王庄催粮。这个新队员名叫赖青,他叔叔是西王庄的保长,用咱们的说法是伪保长,消息应该可靠。据说只来一个日本人,有两个县保安队的人——也就是伪军陪同。

祖父得此消息,一夜没睡,决定出手。他拉队伍都有两三个月了,一枪未放,一点动静没有,实在说不过去,高占东也许还等着看他笑话呢,没准以为他脚底板抹油——跑了呢!所以不能再拖。

第二天,祖父带炳章化装步行二十多里先去看了看地形。清水县这地方一马平川,眼下庄稼刚刚冒芽,藏不住人,很难找到打伏击的理想地方。最好的办法是在村头设伏,利用房屋、树木、猪圈、柴草垛等作掩护,打一个小伏击。可是西王庄的百姓不会同意,因为这肯定会招致日本人报复。祖父打算在村北两里外的道路拐弯处设伏——路旁有七八座比较大的坟头,坟地里还有十几棵胳膊粗的柏树,勉强可以藏人。

三日后的凌晨,月明星稀,趁路上无人,队伍冒着寒气秘密出发,太阳出来时已经就位。好不容易熬到上午十点多钟,终于看见远远过来一个穿土黄色服装、两个穿土灰色服装、斜背长枪的人。坟地里一阵骚动。祖父这边一共有九人,九人对付三人,而且是突然袭击,还是有较大把握的。在祖父心目中,那三条枪已经属于他了。

前面说过,祖父眼神不好,看不远,让他打枪纯粹浪费子弹,所以他虽被尊称为"司令",那支短枪却由炳章使用。那支长枪在小眼手中,前几天他用长枪打死一只野兔,都认为他枪法好。乞丐大嘴和铁匠大牙臂力好,他俩负责甩手榴弹。祖父手握一把砍刀,随时准备冲上去砍几下子。其他人手中拿的是鸟铳、木棍、菜刀之类的家什。

炳章小声告诉祖父,目标近了,近了,又近了。祖父下令开打。日本人自打来到清水县,从没遇过任何抵抗,所以都是大摇大摆,像来串亲访友一般,丝毫不做防备。枪声骤然一响,三个敌人吓了一跳,一阵慌乱后,就地卧倒还击。这边一长一短两支枪砰砰砰射出去七八发子弹,炳章家那把生锈的鸟铳也费力地吼了一嗓子,但无一命中;大嘴和大牙各甩出去两枚手榴弹——大牙甩出的两颗都用力太大,在敌人身后很远处爆炸,啥也没炸着;大嘴可能因为紧张,忘了拉环,两颗手榴弹像两块石头砸在敌人身边,没动静了,又被对方反手扔了回来,在坟地接连爆炸,把赖青炸伤了,疼得他哭爹叫娘满地打滚嗷嗷叫。他这一叫,涣散了军心,有人想跑。祖父一着急站起来阻拦,刚一冒头,几颗子弹嗖嗖飞过来——若不是大嘴拉他一把,他可能当场就没命了！可是，大嘴却不慎中弹，脑浆子都流出来了。众人一片惊呼。大嘴咽气前吧唧几下大嘴巴咕囔了一句："死了好，就不挨饿了……"

一见死人，众人啥也顾不得了，仓皇逃走。

一死一伤，对方可能毫发未损。祖父的第一次出战，以完败而告终。

前面说过，大嘴原本是个乞丐，是祖父把昏死路边的他救活的，他一命还一命，报答了祖父的救命之恩，令祖父感慨万千、泪流不止。祖父是个重情重义之人，不想让大嘴曝尸荒野，战后第三天，不顾众人劝阻，坚持赶去选个地方把大嘴埋了。当时情况，没法立碑，也顾不上去查证大嘴的真实姓名、家在何处，所以他算是个真正的无名英雄。大嘴算不算抗战以来清水县牺牲的第一个烈士，无人做过统计。

后来有两个月祖父的队伍无精打采，不知该干什么，几乎散伙。祖父感到队伍坐吃山空不打仗，是根本不行的，必须靠打仗凝聚人气，获得给养。尽管还会死人，但打仗哪有不死人的？怕死的尽管走！赖青以回家养伤为由再也不回来了，据说他叔叔狠狠揍了他一顿，怪他通风报信差点害了西王庄。这期间又有几个来投靠的，感觉不是来打仗，而是来混饭吃的。

转眼到了麦收时节,日伪军分成若干小组下到各乡征粮,祖父的机会又来了。自古强人发动战争,一是为了占地盘,二是为了掠资源。日本人搞以战养战,更是把掠夺资源看得比命都重。清水县除了产一点粮食,没别的油水,所以他们就盯着粮食,征了粮除去自用,多余的据说还装车运到青岛,再装船发往日本国。小日本也真是穷疯了。

祖父的队伍化装成打短工的割麦客,在四野八乡游逛,寻找战机。这一天,在桃花坞,偶遇四个伪军,自然都是高占东的部下,个个袒胸露臂,倒背大枪。有两个手里提着酒瓶子边走边喝,还唱酸曲儿;有的边走边啃烧鸡放臭屁。酒肉味唤起祖父他们的斗志,来不及多想,祖父发出战斗指令,十几个人扔下镰刀,从随身携带的麻袋里抽出各式武器,就地准备战斗。

这一回祖父铆足了劲,非要打一个漂亮仗。大牙瞄准目标甩出手榴弹,手榴弹带着呼呼风声准确地飞向敌人。可是,却没有爆炸!原来是一枚臭弹。他手里还剩最后一枚,祖父鼓励他再投,这一回成功爆炸,腾起一股浓烟灰尘,传来一阵阵鬼哭狼嚎!两把枪同时响了,鸟铳也打出一团火光……

没料到枪声一响,附近的敌人很快聚拢过来,尤其是过来三四个鬼子,枪法准得很,几下子就把祖父身边的人撂倒了两个!一看不好,祖父赶紧传令撤退,要不然就被鬼子包饺子啦!还好,他们熟悉地形,活着的人都跑出去了。

这一仗,死了三人,伤了两人——包括祖父,一颗子弹贴着他右大腿哧的一声划过,刺穿了裤子,伤及皮肉——要不是他腿细如麻秆,这一枪非打到大腿动脉上不可!祖父再次捡了条命。

至于战果,大牙信誓旦旦:至少炸死两人。后来通过各种办法打听到,不过是两人受伤,而且伤势不重。那高占东不相信是祖父所为,不得不相信之后,他道:"有种!"又道:"麻秆敢动真格的,他活过今年,活不过明年。"日本少尉加藤有饭认为,两次袭击均是土八路所为,意欲出兵"扫荡"。高占东费了很大劲才让加藤相信,不过是土匪袭扰,小小的毛贼,不足挂齿;如果大日本皇军出面扫荡,反给了小毛贼面子。

两次出手,两次败仗,人们都有点心灰意冷。祖父得硬撑着,天天给大家伙儿鼓劲,磨破了嘴皮子,才不至于让队伍散伙。问题是没了钱买给养,眼看就要饿肚子。手里好歹有两杆钢枪,打家劫舍还是够用的。可是,你打劫别人,就跟人结了仇,保不准有人到日本人那里告密,你就危险了。后来祖父想了一招:搞窝里斗,打劫炳章家,还有一个新来不久的队员徐大奎家。炳章家就不用说了,已经"顺"过一次了,靠炳章家的钱,才撑到今天。那徐大奎家是徐家渠的地主,他爹好色,硬娶了一个走街演唱的女戏子,气得他娘上了吊,徐大奎痛恨亲爹才跑来入伙的。祖父这一招挺管用,两人都不反对。于是组织了两次行动,兵不血刃,从炳章家和徐大奎家搞来二百多个大洋,解了燃眉之急。

除了给养,子弹也不多了。这样耗下去不是个办法,祖父琢磨着得找一个靠山。投靠谁呢?国军队伍南撤了;听说冀鲁交界的西河县一带有八路军活动,还听说八路军是真心抗日的。祖父便打算派人到西河寻找八路军。当然派炳章去最合适。

一个多礼拜之后炳章回来了,带来一个人,神神秘秘的,个头不高,其貌不扬。而且这人只有一只胳膊——左臂袖管是空的!炳章介绍说,这位常特派员是共产党鲁西特委的领导人,是位老红军,专程来指导我们的。祖父把独臂客人迎进关帝庙。顾不上客套,常特派员操着浓浓的南方口音问道:"队伍有多少人?"祖父回答:"现有三十多人。"其实只有十几人,为了壮大声势,临时花钱从附近村庄雇了十多个老乡冒充。特派员又问:"几条枪?"祖父答:"钢枪加鸟枪一共五六支吧。"祖父边说边拍了拍腰间的一个皮套子,里边塞着一支刚刚请村里木匠做的木头手枪,油漆味儿还挺冲的——此后一年多时间里,祖父一直挎着这支木头枪装腔作势。其实你就是给他一把真枪,用处也不大——这是后话了。

独臂特派员道:"不少了,那年搞黄麻起义,我们一个连只有两杆枪,还有一支打不响。"说罢又问,"队伍叫啥子名号?"祖父答:"暂叫清水县抗日义勇军。"独臂略一思索道:"这个名号不好,建议改叫清水县武装工作队,简称武工队。"

叫什么名号祖父都没意见,关键是独臂特派员说了半天,光来虚的,一点实的都不吐口,简直一毛不拔。祖父向他提出:"八路军能否把我的队伍收编?"特派员严肃地瞪着祖父说:"这队伍是你拉起来的不假,但你不是山大王,也不能说队伍就是你的。我们共产党从来都不把队伍当成自己的。"他说来说去,既不收编,也不给一个人,不给一分钱,不给一条枪,还振振有词道:"我们共产党不发枪,不发钱,不派人,不给粮,这几样东西全靠你自己,有本事你们自己去搞!我们就是这么壮大起来的!"

见祖父不吭声,独臂特派员大声道:"狗日的!你愿意当亡国奴?"祖父挺胸答道:"不愿意!"特派员又大声道:"你愿意当汉奸?"祖父一听急了,生气了,梗起细脖子答道:"狗才愿意!"特派员哈哈大笑,提出可以发展祖父和炳章两个人入党。他道:"你们两人入了党,队伍就成了我们共产党的,就是咱八路军的队伍,也就等于收编了嘛!待我回去向上级报告之后,你们的名号即可改为'八路军清水县武工队'!"

常特派员临走前特意向祖父交代:"陶其亮同志,队伍应该以开展群众工作为主,打仗为辅,不要老想着打仗。只要发动好群众,到时候你人也有、钱也有、枪也有,啥都有!明年这个时候,希望你的队伍能有五六十号人,二三十条枪!同志,有信心没有?"祖父有气无力地答道:"走一步看一步,咱尽力吧。"

祖父琢磨,特派员不希望他打仗,是想让他保存实力,队伍无论如何不能散伙。其实祖父就是想打仗,这时也没那个能力,只能按特派员说的,在关帝庙周边的几个小村庄发动一点群众——无非是主动帮人家干点杂活,在墙壁、大树上刷几条抗日标语,或者趁大伙有空闲,他和炳章搞搞演讲之类。这地方鬼子没来过,没有搞过烧杀抢掠,所以老百姓跟鬼子的仇恨没那么强烈，愿意参军打仗的人，基本没有。

但也不是没收获——小店子村的一个妇女无意中向祖父说起，她娘家胡家寨有个开饭馆的人家，男人叫胡德宝，女人姓汤。那姓汤的女人不正经，跟一个姓李的二鬼子队长勾搭上了，每逢胡家寨大集，那李队长就跑来跟她睡觉。她男人胡德宝睁只眼闭只眼，假装不知道。那个厌男人戴了绿帽子还整天乐滋滋的，胡家寨知晓内情的没有不笑话他的。

说者无心，听者有意。祖父和炳章一合计，打算到胡家寨碰碰运气。队伍成立半年多了，没打死一个敌人，没缴过一支枪，他这个当领导的，脸上实在无光！这样子下去，恐怕用不了多久真得散伙，真要那样，还不得让高占东那个汉奸笑掉大牙！一想到这里，祖父就心烦意乱，心想真到了那一天，自己干脆一头撞死算了，实在没脸再活下去。

祖父和炳章二人去胡家寨勘察地形。胡家寨在县城东边，是个大村落，离县城三里多地，抬脚就到。这天正逢胡家寨集市，赶集的人蛮多的——自打鬼子占了县城，百姓不大敢去县城，县城周边的集市反而火起来了。

胡德宝的饭馆在街中心十字路口东南角，很好找。胡家有两进的小院落,前院开饭馆,后院住人。说是饭馆,其实就是个夫妻店,男的在后厨忙活,女的在店面张罗。祖父和炳章以食客的身份进店,叫了两笼包子、两个菜、一壶酒,边吃喝边观察,发现那姓汤的女人的确一副风骚相,大眼睛忽闪忽闪挺会勾搭人。午时刚过,晃悠悠进来两个穿灰布制服的,前头那个镶着两颗金牙,面皮白净,四方脸膛,一表人才;腰挎盒子枪,威风凛凛。显然他就是那个李队长。后头那个身背长枪,傻大黑粗,是他的护兵。

女人冲李队长打声招呼,扭着水蛇腰去了后院。李队长从柜台上抓起两个包子,边吃边跟着去了。护兵搬一张板凳坐在通往后院的小门旁,倚着门框,怀抱长枪警戒,却一会儿打起了盹。祖父一个劲地后悔没多带几个人来,否则此刻动手的话,十有八九成功。

五日后又逢胡家寨集市,这回祖父不想错过,拼了命也要整一整。时机一到,祖父摔了个茶碗,炳章和小眼上前,突然拔菜刀逼住了倚门打盹的那个护兵。祖父和屠夫王七、哑巴直扑后院——原以为手到擒来,没想到后院正房的屋门是从里面闩上的,根本推不动!这下子有点傻眼,如果让里面的人察觉,他手里有枪,隔着窗户或者门缝往外打,加之这地方离县城太近,祖父他们恐怕一个也跑不了！正急得不行，还是炳章有头脑，押着那个护兵过来喊话道："李队长！不好啦，八路要进村，咱赶紧回吧！"

屋里一阵骚动。李队长骂骂咧咧光着膀子打开门，屠夫王七第一个冲上去，拿杀猪刀顶住了他的胸脯。那姓汤的女人不好惹，以为是来捉奸的，一伸手扑撸掉了祖父的眼镜，接着弯腰一把掏了祖父的裆。祖父蛋子被捏，痛得跳脚、翻白眼。趁乱，李队长扑到炕前取枪，哑巴从后面死死抱住他，王七扬言要捅死他，这才把他制伏。

这是队伍成立以来的第一个胜仗。这一仗打得扬眉吐气，打出了清水人民的威风！战利品是两把上等快枪：长枪是七成新的中正式，国军主力部队的装备；短枪是德国造二十响驳壳枪，六成新，弹匣里压满了子弹。另外李队长身上还有七个大洋。屠夫王七想挥刀宰了两个俘虏，他有好久没杀过动物了，加上报仇心切，手痒难耐。祖父一手托住仍在疼痛的裆部，厉声呵斥住了他。不杀俘虏是独臂特派员交代过的，尤其俘虏是中国人，更不能乱来。

得手后，一行人赶紧撤离，天傍黑赶回了关帝庙。祖父吩咐王七动手宰杀一只肥羊，大伙吃肉喝酒闹腾到半夜才罢休。

炳章爱枪，当晚睡觉搂着刚到手的驳壳枪，死不放手。

按说这支短枪应该让祖父使用才是,他毕竟是队伍的头儿。祖父理解炳章的心情,早盘算好了,此枪让给炳章,他继续挎那支木头手枪,反正自己眼神不济,背什么枪都是一样的——真枪拿在自己手上,反而是个浪费。

三天后,来了一个不速之客,从县城骑自行车来的。这人名叫洪金生,祖父和炳章认识他,此人是高占东身边的亲信,对外说是高县长表弟,上次从高占东手里买枪,就是他亲自送出城的。祖父情知姓洪的跑来不会有好事,事先躲了起来,炳章出面接待。洪金生一上来就单刀直入,说那天李德铭二人丢枪,表哥立马就猜到是陶校长带人干的。表哥早就知道陶校长盘踞在这关帝庙,麦收时对皇协军动过一回手,伤二人。若不是表哥在加藤面前打掩护递好话,日本人早就放马过来把这小地方荡平了。

洪金生紧接着说明来意:两支枪物归原主,保你这地方平安无事;如若不然,不用日本人出马,皇协军来一个小队,就办得妥妥的,一个活的剩不下!炳章嘴上说不怕,心里没底,找个理由把祖父喊过来。祖父虽说是个书生不假,但他有血性、不怕死,当下就发火道:"老子的队伍现在是八路军清水县武工队,姓高的汉奸敢动老子一根汗毛,八路军主力就会从西边赶过来找他报仇,你信不信?"洪金生被这一席话镇住了,拿出了第二个方案:枪可以不还,但要付钱,每杆一百。祖父笑道:"国难当头,高县长毛病不改,他要那么多钱干啥?给自己买金棺材?"洪金生不生气,笑道:"钱多不咬手,钱少手就抖。表哥搞钱,那也是没办法,现在不能跟你说。陶校长,钱我今天务必带回去,如果我今晚回不了城,表哥明天就带人过来。你说咋办好?"

祖父把炳章叫到一边商量了一下,决定拿钱息事宁人;但是手头没有那么多钱,只肯付一百。跟洪金生讨价还价,最后一百二成交。洪金生为了避嫌,非要祖父写个便条,让写清楚钱数,按上手印,他回去好交差。

洪金生临走前,郑重其事地对祖父道:"陶校长,有本事你们打日本人,打中国人算啥本事?"祖父气哼哼道:"谁跟你是自己人?你们是汉奸!"洪金生道:"老兄,别说这么难听,当汉奸是没办法。表哥说过,没有人天生想当汉奸,都是权宜之计,我们心是爱国的,会找机会报效国家。"祖父哈哈直笑,眼泪都出来了。洪金生等他笑完,俯身小声道:"实说吧,你们恨日本人,我们也恨。他娘的,日本人老是在老子们头上拉屎撒尿,不恨才怪!表哥说了,你有本事杀一个鬼子,他白送你三杆枪!"

洪金生的话让祖父三天三夜没怎么睡觉。是的,队伍只有消灭鬼子,才能算是抗日队伍,否则就是白扯。可是,鬼子住在县城的炮楼里,轻易不出来,怎么下手呢?祖父想得脑瓜子疼,各种设想都有了,没一个可落实的。

这天,有个满脸泥巴的女人来找小眼,声称张二根是她表哥。小眼等她把脸洗了才认出来,这女人确实是他表妹,名叫王秀贤。她以前到学校找过小眼,祖父对她似乎也有点印象。见到小眼,王秀贤先哭了一场。弄了半天才搞清楚,她是来躲祸的。为了找到表哥,她费了很多周折。

王秀贤两口子在县城开豆腐坊,小日子过得蛮滋润。但上个月,她男人突然得暴病死了,她成了寡妇。炮楼里有个日本人名叫山本勇,管伙食,以前常来豆腐坊买豆腐,不知怎么看上了她,见她独身一人,就想占便宜。她当然不从,山本勇三天两头来豆腐坊骚扰她,扬言再不从就杀死她。自打日本人来了清水县,这地方没怎么打仗,地面上太平,日本人没有理由烧杀。但是日本男人好淫,奸淫妇女的事情时常发生,城里但凡年轻有点姿色的妇女能躲的都躲出去了。那山本勇三十多岁,还是个老光棍,见了女人拉不动腿,不达目的恐难收手。秀贤在城边上的几家亲戚都不敢收留她,她听姑母,也就是小眼母亲说,表哥在小店子关帝庙一带给人扛活。万般无奈之下,一路摸索前来投奔,打算暂躲避一阵子。

祖父准许可怜的秀贤暂且住下。秀贤是个好女人,不仅长相甜,而且既能干又懂事,她帮大伙缝补衣服,还为祖父做了一件灰蓝色的马甲,祖父穿在身上,感觉很威风。有一回秀贤替祖父洗衣服,一递一送,两人的手触碰到一块,祖父像过电一样浑身哆嗦了一下。祖父有过恋爱经历,尝试过男欢女爱,他是敏感的,他觉得他喜欢上了秀贤。

这一切都让炳章看在眼里。炳章有点生气,对祖父说:"麻秆,你没忘了高县长的话吧?眼看秋天了,今年咱武工队无论如何得杀一个鬼子,让那姓高的汉奸瞧瞧!你说对不对?"祖父忙道:"谁说不是呢!长颈鹿,你有什么高招?"

炳章把他的计划和盘托出。原来他想安排秀贤回县城,把那个日本色鬼引到家里,他们提前埋伏好,一旦得手,当场就剁了他。

祖父感觉这个计划可行,难处是怎么做秀贤的工作。她好不容易逃出虎口,再让她以身饲虎,有点残忍。炳章道:"你躲一边去,我来做工作。"祖父不好再说啥,他满心里希望秀贤拒绝,他相信秀贤是断断不会同意的。

没想到炳章很快就把工作做通了,秀贤痛痛快快表示,明日动身,到了就给日本兵捎信过去。祖父牙巴骨一阵剧痛,差点气晕过去。但既然定了就不能更改。此事不宜张扬,祖父决定只带炳章、哑巴去执行任务。三个人对付一个不做防备的鬼子,绰绰有余。

秀贤头一天回的城,第二天一大早其他三人动身。因为进出城要盘查,不能带武器(也用不着武器),三人空手去的。到了秀贤家,按预订方案埋伏好。秀贤家在背街的一条小胡同里,是一个两间房子的小院,里间住人,外间待客。还有一间偏房做豆腐坊,现在不做豆腐了,就空在那里。哑巴奉命藏在卧房床铺下面,炳章身形矮小,委身于外间一口不大的粮食瓮里,祖父藏在偏房门后。等待的时光,祖父难免有些紧张,手心脚心全是汗。

中午时分,山本勇如约前来。透过门缝,祖父见这个日本人身材虽不高,但壮实如牛,知道不好对付;好在他没带武器,只抱来一个大西瓜。秀贤麻溜地把他引到里屋——这是事先交代好的,防止日本人四下搜查。里屋隐约传来男女轻微的厮打声,祖父不想再等,拿起豆腐梆子敲击三下,三个人立即行动。冲到床前,发现那好色的鬼子已经褪下裤子,压在秀贤身上。祖父怒不可遏,指挥炳章和哑巴用绳子死死勒他的脖子。那日本人拼死命地反抗——将死之人的力气大得惊人,竟然把炳章和哑巴拽得东倒西歪!三人合力勒他,他渐渐支撑不住,喷出一摊尿,倒毙于床前。

这是抗日战争爆发以来毙于我清水县的第一个日本鬼子,值得大书特书!见他咽了气,三个人又惊又怕又喜,瘫了一般,浑身发软。秀贤因为受了点辱,跑到外屋嘤嘤哭泣,三个人跑过去安慰她一番。祖父让哑巴把那个大西瓜切开,四个人闷头吃西瓜。祖父和炳章商议怎样处理鬼子尸体。尸体不能丢这里,这会连累秀贤一家;最好的办法就是天黑之后运出去,弃于街头荒地;若想出口恶气,就扔到离鬼子炮楼最近的地方,好好杀一杀侵略者的威风!

正这么商量着,突然听到里屋有什么响动。炳章机灵,探起身往里一看,张大的嘴巴半天没合拢。祖父道:"咋的啦?"炳章这才惊道:"坏了!人没了……钻床底下了?……"祖父一挥手,三人冲进去,发现后窗木格窗棂一张一合的,原来是那死鬼子跳窗跑了!

真是活见鬼了!

炳章眼力好,隐约看到一个光屁股的男人跑向另一条胡同,转眼不见了。

气氛立马紧张起来,必须立即出城。鬼子占了县城后,为便于控制,进出城设了两个卡口。祖父当机立断,让秀贤赶紧去娘家躲避,明天伺机再走;他和炳章一路,从南关出城;哑巴独行,走北关。他和炳章奔至南卡口,趁鬼子尚未赶来严防,匆匆出城。走不多远,就听身后有尖利的哨子声,隐约看到有日本兵追出来。二人立即钻进附近的玉米地。随即有子弹尖啸着从头顶、身边划过,玉米叶子啪啪响。跑了没一会,祖父跑不动了,眼前发黑,呼呼直喘。炳章拖着他往前跑——如果不是炳章,他很可能落到日本人手里。

但是跑着跑着,炳章一头栽倒在地!

鲜血从炳章后背涌出来,很快洇湿了他的大腿。炳章昏过去了。祖父慌了神,抱着他使劲地摇晃。又不敢大声呼叫,因为敌人可能就在附近。挨到傍晚,祖父壮着胆子出来,花重金拦下一辆过路的驴车,把炳章拉回关帝庙。此时已是夜半时分。炳章失血过多,已然没救了。咽气之前他交代说,前天动员秀贤回城的时候,他曾经诳她,说只要她配合,事成之后,祖父愿意娶她为妻,她才痛快地答应了。

炳章断断续续道:"麻秆呀,你一定娶人家……"

祖父眼含热泪点点头。

炳章又道:"麻秆,弟兄们,有种的,今年你们务必割下一个鬼子脑袋,到老子坟前祭奠……有种的,以后每年都要提个鬼子头来祭奠老子……"

祖父大哭着道:"长颈鹿,我答应你……"

埋葬炳章时,祖父执意要把那支炳章无比喜欢的驳壳枪放在他怀里,压满子弹,打开枪栓,子弹上膛。众人皆不同意,说这是弟兄们拿命换来的,不能这样糟蹋。祖父道:"老子跟长颈鹿的感情比命都金贵!他一枪都没来得及放,就让他带走吧,地宫里或许也有鬼子呢,长颈鹿用得着……"

炳章死了,祖父感觉自己似乎也死了一半——炳章是他的左膀右臂,没了炳章,这队伍他还有信心带下去吗?为此他情绪极度低落,瘦得更像根麻秆了。

没几天,又传来噩耗:秀贤一家三口都被鬼子杀害了!

祖父喷了两口血,当场晕过去。他病了半个多月,做梦都想杀一个鬼子,给炳章和秀贤一家雪仇。可是,鬼子在那炮楼里,基本不出来,你有啥办法去杀人家?眼看到了秋后,庄稼收割完了,大地一望无际,鬼子就更没有出来的理由了。别说杀鬼子,队伍怎么过冬都是问题……

祖父越想越丧气。一天夜里,他睡不着,头疼欲裂,爬起来,恍惚走到关帝庙后头一棵歪脖子柳树下,先是撞了几下头,随后解下粗布腰带,搭到树杈上——他真的不想活了,没脸子活下去了!他想吊死算了,人一死,一了百了,死了省心……

正想踮起脚把头往圈套里放，突然背后有人捶他一拳，几下子把他扒拉下来，气哼哼道："你死可以，得先把我表妹一家的仇报了……你个当官的，不能带头当孬种！"

是小眼，小眼两句话把祖父唤醒了。是的，他得先报仇——炳章的仇、秀贤一家三口的仇，还有早先死去的大嘴等三个兄弟的仇。他觉得，他们都是因他而死的，如果他当初不从学校跑到炳章家"落草"，炳章早被他爹送济南读书去了，现在一定活得好好的；如果那天他不同意秀贤回县城，秀贤一家现在肯定也活得好好的。日本人欠下他们的血债不假，他也欠下了情感债、良心债！所以现在还不能死。

祖父重新振作起来，化装去了一趟县城，找到埋葬秀贤一家的野坟地，在坟前上了三炷香，磕了三个头，然后怀着决死之心去找高占东。县政府破破烂烂的大门口，挂着清水县保安队的招牌。高占东名义上是县保安队的大队长，实则是皇协军清水县大队的大队长，下面辖有三个中队。他白天到县政府办公，为了安全，晚上回炮楼休息。

高占东担心日本人的耳目，不便在办公地会见祖父，让洪金生把他引到附近一处民居说话。一年多不见，高占东胖了,祖父则更加消瘦如柴。甫一见面,高占东戏谑道:"麻秆!能活到今天算你命大,兄弟佩服!不过呢,见一次少一次,有啥要办的,直说吧!"祖父扶扶眼镜道:"老子就是死,也得拉你垫背!你背着日本人卖武器给我八路军,就不怕日本人知道吗?他若知道了,你有几个脑袋?"高占东倒吸一口凉气,脸微微变白,摇头道:"麻秆呀,你是君子不是小人,咱以前可是说好了的,你不能出卖我……再说了,咱们都是中国人,中国人应该向着中国人……"祖父冷笑道:"算你说的有道理。可是我问你,王秀贤一家怎么死的?是不是你手下人干的?抓人,杀人,你毫不手软哪!"

高占东点上一支雪茄烟,狠狠吸了两口,怒骂道:"都是吴麻子干的。老子让他放聪明点,把责任都推到想杀山本的八路身上,想办法保一保姓王的女人——而且人家山本也没怎么怪罪她。结果呢,吴麻子为了讨好加藤,三下五除二就把人给杀了……太他娘的没人性!"

那天见面,说来说去,祖父就一个目的:让高占东给创造一个机会,他必须要杀掉一个鬼子!今天让他杀一个鬼子,明天让他死,他都乐意!他此生的最高目标,就是杀一个鬼子!高占东沉吟不语。祖父道:"听洪兄弟说过,你也恨日本人。既然有恨,为什么不除掉他一个呢?于国于家,于人于己,那都是大义之举!请高县长三思。"

高占东脸色急剧变化着,仍然沉默不语。

祖父阴笑两声,道:"我是豁出去了。你不帮忙,不定哪天我就去找加藤。当然,我会提前知会你一声,让你先溜。都是中国人,我不会眼看着你死在日本人刀下。你一滚,清水的汉奸队伍就削弱了,也算是我死之前给国家做的一点小小贡献吧!"

高占东突然翻了脸,怒斥道:"狗日的麻秆!休想威胁老子!明天我就带全部人马血洗关帝庙……"祖父不惧他,厉声道:"你敢!我即刻就去炮楼!除非你现在杀我……你杀我也没用,我都把情况写明,交部下保存了,今天我回不去,他们明天就送给加藤。不信你试试!"

祖父正义在身,毫不畏惧,最终把高占东镇住了。高占东好言好语安抚祖父,还忍痛拿出三十块大洋给他做盘缠,请祖父先回,容他好好谋略一下。

"姓高的,离阳历年还有二十三天,老子就给你二十三天的期限。你看着办吧!"祖父甩下这句话,扬长而去,少有地痛快。

祖父在关帝庙度日如年,掐着指头算日子,他尤其担心高占东狗急跳墙带人前来偷袭。约莫过了半个月,洪金生跑来了,祖父这才松了口气。洪金生让祖父屏退左右后,亮出一份绝佳的情报。祖父一听,眼睛顿时亮了。

洪金生带来的情报是,二中队长吴常银,也就是那个吴麻子,他是吴楼乡人。他亲叔刚当上吴楼乡保长,新娶了一个小老婆,后天又是吴保长五十大寿,三喜临门,吴保长要大摆宴席。吴常银已向高占东告假,要带一个护兵,和日军曹长酒田保一起去赴宴。吴和那个日本人都是酒鬼,逢酒必醉,一醉就会丧失警惕。吴楼乡离县城十华里,不远不近,可以相机在归途中劫杀他们。

祖父兴奋之余,又担心高占东设圈套让他钻,不由多问了几句,道:"我只要一个日本人。高县长为啥要搭进去一个中队长?"洪金生道:"这个就没必要讲了吧!"祖父道:"你不说清楚,我会怀疑有诈,不敢前往。"洪金生笑笑道:"表哥不喜欢这个人。"祖父道:"因为他不听招呼,杀害弱女子王秀贤?"洪金生道:"这个嘛,不算啥。"

在祖父再三追问下,洪金生只好和盘托出因由。原来为了控制队伍,高占东和手下三个中队长以及几个副中队长都拜了把子,表面上他们都听日本人的,但在内部首先得听高占东的。二中队长吴常银原先是个小混混,全靠高占东提携才挎上盒子炮。可这人过河拆桥,忘恩负义,和日军曹长酒田保打得火热,越来越不把老大放在眼里。尤其是,按契约那几个把兄弟每年都要孝敬高县长一定数目的钱,别人乖乖交,吴常银老想赖账。高县长不好色,为人正派,就喜欢搞点钱,你想他能不恼火吗?便必欲除之而后快……

祖父认同了这个杀人的理由,稍稍放下心来。吴楼乡是吴炳章老家,祖父住过一阵,熟悉地形,于是更感觉踏实。洪金生不便久留,临走时严肃道:"陶校长,表哥有句话让我务必给你说清楚。"祖父道:"洪兄请讲。"洪金生道:"表哥说,你可能就这一次机会,务必一击成功!得手之后,更要防备日本人报复,最好暂且离开关帝庙。还说,以后也许不能帮你了,请你珍重!"

祖父心里一热,眼角湿了。他让洪金生回去转告高占东,上回见面时他说了气话,深感抱歉——高占东就是不帮忙,他也不会向日本人告密,毕竟大家都是中国人。况且高县长对自己还有知遇之恩,怎么会出卖他呢?洪金生听罢,冲祖父深深鞠了一躬道:"弟一定转告。"

动手那天,祖父按照高占东预设的行动方案,下午两点半即带人赶到伏击地。他们分头驾着两辆带篷子的驴车,游走在吴楼乡通往县城的官道上。时值严冬,官道上几乎不见行人。高占东要求吴麻子五点钟务必归队,据此推算,三点过后他们就会出村。果然,三点刚过,三个人影摇摇晃晃过来了,毫无防备的样子。见到驴车,吴麻子大声吆喝停车,让掉头回县城。驾车的小眼赶紧停下来。脸红脖子粗的酒田保费力地爬上车。篷车内,屠夫王七正等着他呢。日本人尚未坐稳,王七手中的杀猪刀一闪,深深刺入他的胸膛。坐在车尾的祖父看到一腔鲜血喷向篷车顶,天变成了红色。那边,吴麻子骂骂咧咧爬上哑巴驾驶的那辆驴车,铁匠大牙如法炮制,瞬间得手。尚未上车的那个护兵感觉到不对劲,刚摘下长枪,王七从驴车上飞身扑过来,杀猪刀直接洞穿了他的脖颈,血溅如瀑。王七转瞬之间连毙两敌,终于报了老婆受辱上吊之血海深仇,他对着阴沉的天空狼一样狂吼三声。

这场劫杀正如高占东算计的那样,敏捷而干脆,没有放一枪,神不知鬼不觉就办利索了。缴获三支快枪——一支崭新的三八大盖、一把德国造五成新的撸子、一条汉阳造。

一九三九年,对于清水县这支抗日队伍来说,因此有了不同寻常的意义。

三日后日本人才在这附近结冰的黑水塘里刨出三具

几乎全裸的尸体。而且酒田保的脑袋赫然不见了,只剩一个泡得滚圆的身子,四肢惊人地肥大。日本人永远不会知道,酒田保的脑袋出事当晚就被带到了关帝庙,第二天上午太阳出来之后摆放在了吴炳章坟前。祖父带全体人员进行祭奠,较为隆重地告慰吴炳章的英灵——同志们有种,没有辜负你的遗愿,赶在新年到来之际杀死一个正儿八经的日本鬼子。祖父庄严地对着坟头允诺,以后每年都要带一个鬼子头来告慰长颈鹿。

祖父带队伍转移到别处,每天都派个人到关帝庙看看鬼子来报复没有。等了十多天没什么动静。不久传来消息,加藤有饭带人包围了吴楼乡,他怀疑吴楼乡有人私通八路,不然怎么酒田保三人刚出村就被劫杀。鬼子在吴楼大开杀戒,按加藤的意思,牺牲一个皇军要让十个中国人陪葬,所以吴楼乡有十个老百姓莫名其妙地被杀害。这还不算,他们又顺手点了把火,烧掉不少民房。

见日军迟迟没有来关帝庙报复的意思,祖父带队伍重返原驻地。陆陆续续有吴楼乡的受害群众打听着过来投靠,没多久,队伍扩充到四十多人。有一些人是带着钱粮家底来的,这是铁了心投八路。队伍眼看着壮大,而这都是拜日本人一把火所赐。

这天,一个五十多岁的老者蹒跚而来,说要投八路。站岗的嫌他年纪大不让他过来。他声嘶力竭地喊叫,惊动了祖父。祖父上前一看,此人有些面熟。老者也认出了祖父,顿时老泪纵横。祖父失声叫道:"吴叔?"老者抹抹眼泪道:"陶校长,俺是吴炳章他亲爹吴瑞发呀……"

祖父赶紧把老吴请到关帝庙。一年多不见,老吴大变了模样,叫化子一般。他告诉祖父,日本人烧了他家房子,家业全毁了。炳章他娘又急又怕,一口气没提上来,当场憋死。吴保长透露说,日本人可能知道炳章投了八路,捉不到炳章就要拿他顶罪,他不敢在村里待;外乡几门亲戚也是胆小怕事,不敢收留他。他无处可去,听人说关帝庙这边有八路,炳章没准在这儿,就摸来了。

老吴急切地问道:"陶校长,炳章可是你带出来的。他人呢?"

祖父克制住内心的慌乱,平静地说:"吴叔,炳章他……他上调到军分区,都当上正规军连长,挎上盒子炮啦!"

老吴一愣:"人家能看上他?"

祖父道:"他有文化,人又机灵,上级很看重他呢。"

老吴难得地露齿一笑,缓了口气,道:"陶校长,我家没了,看在我儿的面子上,你得收留我。"

祖父郑重地点点头。老吴差一点给他鞠躬,祖父扶他一下,叹口气道:"吴叔,你们吴楼乡遭灾,我有一定责任。就是因为我在村口干掉了鬼子,日本人才找你们报复的。让无辜群众跟着遭殃了。"

老吴微微一愣:"陶校长,我猜就是你们干的……但也不能怪你们,要怪只能怪日本人。他大老远地跑咱们这儿占地盘,咱中国不能不反抗。你不在吴楼搞他,也得在李楼搞他,反正得搞他。他肯定要报复,他不杀吴楼人,就得杀李楼人,反正杀的都是咱中国人。杀吧,杀吧,他娘的,人是杀不完的,最后看谁人多……"

老吴一席话,祖父心结解开了一半,心想,吴瑞发不愧是个有点文化的财主,见识广,能说到点子上。

吴瑞发会做饭,祖父安排他当了炊事员。炳章牺牲的事一直瞒着他,他也不再多问,仿佛心知肚明。

日本人的报复迟早会来。

腊月里平安无事,正月里也平安无事。出了正月,过了二月二龙抬头,二月初三一大早,天未亮,一声尖利的枪声划破了关帝庙的黎明。哨兵慌里慌张跑来报告,说坏了,不知从哪冒出来十二三个鬼子。祖父赶紧从被窝里爬出来,戴上眼镜,镇定地问:"你看清楚了?十二个还是十三个?"哨兵说:"有点眼晕。反正不是十二个就是十三个。"祖父道:"离咱这儿还有多远?"哨兵道:"不到二里。"

祖父传令部队紧急集合。这时又有人过来报告,一共来了十三个鬼子。祖父唯一担心的是日本人后头还有伪军,怕被敌人两面包抄。但是情报显示,伪军一个也没露面,往这边偷袭的就是十三个清一色的鬼子。

祖父原想带队伍即刻转移的,转念一想,敌人只有十三个,自己手下有四十多人,而且熟悉地形,优势明显。平时他躲在炮楼里,想打都没机会,现在不正是送上来的大好机会吗?这一瞬间,祖父改主意了,他要与日本人在关帝庙前痛痛快快干一场!让关老爷看一看,八路军清水县武工队不是吃素的,是不会给列祖列宗丢脸的!

这次行动加藤有饭确实只带了一个班的日军过来,并没有带高占东的皇协军,主要是担心皇协军走漏消息。毕竟皇协军和土八路大都是本地人,亲戚连着亲戚,很容易通风报信;再就是他认为土八路没什么战力,一触即溃,用不着太多的皇军出动,来多了反而抬举他土八路。他知道对方装备差,因此也不打算靠火力取胜,而是采用最原始的战法——白刃战。

他要让土八路输个心服口服。

真要打了,祖父担心的是己方火力差,毕竟全队才不到十支钢枪,其余的不过是土枪土铳、大刀斧头镰刀棍棒什么的。但是日本人并没有隐蔽,也没有放枪,而是直挺挺扛着枪走过来。走在前头的鬼子官儿高举指挥刀,挥动几下,呜里哇啦说着啥。祖父听出来了,这人正是加藤有饭少尉,他说要同八路军近距离格斗,子弹退膛,谁也不能放枪。

听罢,祖父的第一个感觉是,鬼子缺心眼儿。你明明火力强,你却不用,非要拼刺刀。这正中祖父下怀——三个打一个,不用刀,老子用木棍也能把你鬼子的脑浆打出来!

这是清水大地上一场少有的白刃战。十三个日军,清一色的三八大盖,散开来,咔咔咔都上了刺刀;三十八个武工队员,挥举着刀枪剑棍、铁锨鱼叉镰刀锤子,五花八门,叫骂着涌过来。近了,近了,双方吼叫着冲卷到一起,抡起各自的兵器,进行最原始的搏杀。祖父的队伍除了他是个文化人,其余全是干粗活重活的庄稼汉,年龄在十七八至四十五六之间,不能说个个是壮汉,但个个都能吃苦耐劳,最不缺的是力气。因此尚未交手,祖父就盘算着,十三个鬼子,最好一个不放走,他将取得一场堪称辉煌的胜利!

然而双方甫一交手,祖父立马就感觉不对劲。这些鬼子虽然个头都不高,腿短脖子粗,看上去不那么壮实,但是他们非常灵活,个个身手敏捷,动作出神入化。三个人围住他一个,看上去你场面占优,却很快发现有点奈何不得他,他们手中的三八大盖像长了眼睛一样,出其不意就刺中你。阵地上,武工队员被刺伤之后发出的惨叫声吓得头顶上飞的燕子全钻进了云层里。

祖父身形消瘦,眼力不济,又身负指挥之责,不能冲到前头厮杀。哑巴和徐大奎手握大刀片、粪叉子分列左右护卫他。一个黑脸鬼子发现了他,挺着刺刀嗷嗷叫着斜刺里冲过来,哑巴和徐大奎上前迎敌。一眨眼之间,徐大奎被刺中肚皮,肠子扑噜噜窜将出来。祖父下意识从怀里抽出手枪,对着那狞笑的黑脸鬼子扣扳机。枪却不响,才意识到这是把木头手枪。这当口,黑脸鬼子挺着滴血的刺刀扑向祖父,眼看刀尖逼近了祖父胸口,哑巴提刀从后面扑向鬼子。那鬼子后脑勺仿佛长了眼睛,极快地反手刺向哑巴胸口。与此同时,哑巴手中的刀片砍中鬼子大腿。只见哑巴上身鲜血狂喷,挺立片刻,倒地而亡。

那边,加藤有饭抡起寒光闪闪的指挥刀,一个人至少劈杀了三人,砍伤了两人。也就是一袋烟的工夫,十四五个武工队员躺在血泊里,没了声息。屠夫王七英勇杀死一个鬼子之后,被加藤有饭挥刀砍中,半边脑袋没了。

在后头柴草堆上观战的吴瑞发看得比较清楚,他大声冲这边喊话:"陶队长呀!不能再打了,赶紧下令跑吧,不然全完……"

祖父也发现了问题,急忙吹响哨子。活着的队员们仓皇撤出,踉跄奔向不远处的小树林。好在鬼子没有追击,只用牛吼般的狂笑声送对手走人。

关帝庙前,祖父的队伍留下了十六具尸体。搞战斗总结的时候,人们都以为至少杀死了五个鬼子。后来通过高占东那边得到准确数字,鬼子只死了两个;另外重伤一个,轻伤三个。

这是一九四〇年春天发生的一场重要战斗,损失如此之大,祖父做梦都想不到。尤其是王七和哑巴的牺牲,让祖父感到异常痛惜。这二人是队伍最早的火种。王七无比英勇,向来不怕死,不惜命,是队伍里最能干的兵;哑巴不会说,不会写,谁也不知道他真名实姓,乡关何处,花名册上一直都标着"哑巴"二字。哑巴和徐大奎是为保护他而死的。再想起乞丐大嘴的死,长颈鹿的死,他们都是为保护自己而死。祖父万箭穿心一般痛苦。他向全体同志做检讨,当场痛哭流涕,扇自己耳光。

然而却没有人责怪他。小眼代表大伙对祖父说道:"陶队长,不怪你。三个人打不过人家一个,那是俺们自己没本事,是孬包!怎么能怪领导呢?"祖父道:"不对!这仗可以不打的,是我误判形势。"小眼道:"当时那情况,大家都想打。你不让打,弟兄们反而会怪你。吃点亏不是坏事,俺老家有句话:先亏后赚。咱都会赚回来的!"

小眼张二根,原先不过是清水中学一名看大门、敲钟、挑水、淘厕所的校工,每天说不了几句囫囵话,现在竟然能讲出这么透彻的道理,可见队伍是锻炼人的。祖父感谢同志们的理解,但他真的不想原谅自己,他又给鲁西特委和军分区首长写信,要求上级处分自己,并且派得力干部来顶替他。军分区回信说,经上级研究决定,清水县武工队整编为八路军清水县县大队,任命陶其亮同志为清水县县大队大队长兼政治委员。还交代说,以后仍以发动群众为主,不打无把握之仗,尤其不能和训练有素的日军拼刺刀。

事情就这么过去了。

这以后县大队尽量不跟敌人硬碰硬,都是零敲碎打,能搞一下是一下,搞不了就绕着走。日军出来扫荡过两回,因为提前接到高占东捎来的信,顺利躲开了。因为没有发生较大规模的战事,一九四〇年好像没有再杀死日军,只干掉了八九个伪军。虽然没怎么打仗,队伍却日渐壮大,有了七八十号人,三十多杆枪。武器的来路主要有两个,一是战场上缴获,二是从高占东手里买。也许是搞钱心切,也许是手里不缺货,高占东不再漫天要价,一杆旧枪十块大洋他也卖,手榴弹一块钱一枚,买多了还可以打折。祖父腰间终于挎上了真枪——一把德国撸子。但他好像很少使用,因为他觉得自己眼神不好,打不准,瞎打净浪费子弹,不如不打。后来他回忆,整个抗战期间,似乎没开过一枪。

一九四一年七月,鲁西地区的日军集中兵力对运河以西的八路军主力进行夏季大扫荡,清水炮楼的鬼子、伪军有调动的迹象。这天,久未露面的洪金生装扮成一个商人,骑着骡子来到县大队驻地小茂庄,祖父亲自接待了他。洪金生照例要求关起门来单独和祖父说话,他笑嘻嘻道:"有个发财机会,陶兄感兴趣吗?"祖父道:"别卖关子,请直说。"洪金生道:"表哥想请陶大队长帮一个忙,事成之后,他愿意送十条枪五百发子弹,外加三箱木柄手榴弹——够大方的吧?"

洪金生原原本本转达了高占东的想法。这次鲁西大扫荡,清水炮楼的皇军和皇协军大部出动,加藤和高占东都要亲自带队西征,只留少量兵力据守。高占东希望八路军县大队择机攻打一下炮楼子,震慑一下加藤狗日的。听了洪金生转达的话,祖父有点犯糊涂,道:"高县长这是想演哪一出?我攻打炮楼子,对他有什么好处?"洪金生道:"表哥最近和加藤闹别扭呢!他想扩充点兵力,把保安大队由现在的一百出头扩编到二百人,日本人不同意。你们动静闹大一点,表哥就有了扩编的理由嘛!"祖父心中有气,一拍桌子道:"拿我当枪使?休想!汉奸队伍扩编,等于壮大了敌人力量,助纣为虐,我八路军怎么能干这种事!"

洪金生赔着笑脸道:"陶大队长息怒,表哥的意思我还没说完呢。本县皇协军扩编,表面上看增加了日方实力,实际上那些新招募来的,没啥战力,况且表哥自不会倾全力与八路为敌。这两年每次与你交手,表哥都是虚报战果,变着花样糊弄加藤。你想想,表哥若是全力配合日本人,陶大队长的队伍现在还不知道在啥地方呢!当然他有他的想法,你们没了,他存在的价值就打折扣,所谓鱼没了,要网干什么?"祖父诚实地点点头,听洪金生继续掰扯下去。他又道:"皇协军人数增加,目标变大,你们借机下手的机会也多,所谓水深王八多,大家都有份嘛!手下兵多将广,表哥当然先得利,他吃肉,陶大队长喝汤,也算两全其美。不知对否？"祖父微微一笑道："但也让日本人由此得利，陶某还是坚决不干。"

洪金生哈哈一笑道："陶大队长只看表面，没看本质。表哥扩充人马，自然就要求增拨武器经费，消耗的是日方资源。他尽量不杀中国人，尽量多搞日本人的钱，尽量帮衬你们八路军，当日本人身上的蛀虫。嘿嘿，你说这不是等于变相帮了咱中国人吗？"祖父越听越觉有趣，忍不住乐了，心想高占东选洪金生跑外交，真是选对了人，这家伙嘴巴真是好使，歪理一套一套的。

只听洪金生又道："别人说我表哥是汉奸，我不和他争。表哥有他的理解，他说过，所谓汉奸也分两种，一类是坏的，一类是好的。好的专挖日本人墙脚，拐着弯儿爱国。我认为，表哥就属于后一种。"

祖父摆摆手道："洪兄，饿了吧？咱们边吃边聊。"

三日之后，夜幕降临，祖父指挥县大队主力悄悄从驻地出发，直奔县城。其实早在洪金生到来之前，祖父已经接到上级命令，各地方部队都要积极配合主力反扫荡，在外线寻机歼敌，尽量多搞破坏、扰乱后方，迟滞敌人大部队行动。

听说要去端县城炮楼子，大家伙儿都很兴奋。县大队这时候可以说是兵强马壮,能拉动的,就有近百号人,五十多条枪,遗憾的是没有重武器——不说有炮,哪怕有一挺轻机枪,也能管大用。祖父制订的作战方案是,包围炮楼,但只在较远处隐蔽放枪,制造声势,坚决不搞冲锋,以骚扰为主,减少无谓牺牲。炮楼周边早被日本人扫清了射界,一些破房子、树木等障碍物都被清除掉了,但总还有一些沟坎土堆可资利用。部队到达后,悄悄分散开,凌晨三点钟正式开打,几十条枪远远地对准炮楼开火。为了增强效果,还弄了一些鞭炮放在洋铁桶里燃爆,气势蛮大,一上来就把炮楼里的敌人镇住了。

此刻炮楼里面仅余五个鬼子、十个伪军,那挺令祖父心惊胆战的歪把子机枪也被抽走了。一时三刻的慌乱过后,炮楼里的守敌见八路军动静大雨点小,很快镇定下来,还击并不猛烈,零零星星的。当然,为了不浪费子弹,县大队也不能火力全开。

天微明,祖父下令撤出。

如是这般,白天撤出,后半夜过来围打。一连对打了三天。炮楼外壳留下不少弹坑,但是钻进射击孔、瞭望孔里的子弹屈指可数,对敌人的杀伤很有限。第三天黎明前的黑暗时分,一中队违反祖父命令,派两个愣头青各披上两床浸湿的破被子,携带自制的炸药包抵近炮楼,引爆了一个,炸开了一个小缺口。两个战士最后一个牺牲,一个负伤。祖父对此很恼火,破口大骂了一中队的领导,下令全线撤出。但他很快发现自己犯了一个错误——如果这时候不是撤退而是冲锋,一鼓作气拿下炮楼还是有一定把握的!如果打下来,那么将开创鲁西地区一个县大队打下一座坚固炮楼的先例,相信一定会载入鲁西抗战史。遗憾的是,祖父错过了这个扬名立万的大好机会。

这一仗声势蛮大,但战果一般。后来洪金生送出情报:共打死一个鬼子、三个皇协军。县大队这边,一人牺牲,六人负伤。当然它震撼了日军——土八路竟然敢攻打县城重要据点,这在以前是不可想象的。在高占东运作下,保安大队的人数如愿扩充。两个月后,高占东部出城运粮,两个班的皇协军被县大队顺利缴械。祖父不费一枪一弹取得一个较大胜利,军分区通令嘉奖,成为祖父戎马生涯的一个亮点。

一九四二年秋末冬初,洪金生再次秘密来拜见祖父。他给祖父的印象是,一来准有好事。可是这一次,洪金生愁眉苦脸,说是来道别的。原来日本人要调整兵力,清水县皇协军只保留四分之一兵力,另外四分之三调往聊城驻防。

驻聊城的日军司令官秋田梨岛大佐点名要高占东过去。洪金生叹口气道："表哥不想走哇，但胳膊扭不过大腿，他给秋田大佐进贡了两块金砖，也不顶用。"祖父道："去大地方，有吃的有玩的，为啥不愿去？"洪金生道："你想想，离开经营多年的地盘，换到新地方，财路肯定不顺嘛！"

祖父呃了一声，一时语塞。洪金生续道："表哥派我过来给你说一声，以后咱们无法配合了，他请你好自为之。"祖父点点头，心里颇有些失落——高占东一走，县大队等于少了一个重要的支撑点，以后的战略战术就得做相应的调整。顿了顿，祖父跟着叹口气道："这事说起来也怪我们，如果我们实力强一点，折腾得厉害一点，仗打得漂亮一点，日本人或许不会把高县长抽走。说到底，这是秋田轻视我县大队，没把我放眼里……"

洪金生递给祖父一支老刀牌香烟，自己点上一支，二人闷头抽了一阵烟。洪金生道："直说了吧，陶兄莫怪——表哥也念叨过这事，说你柿子只拣软的捏，光想着打皇协军。明摆着，你不打疼日本人，他自然小瞧你……"祖父烦躁地摆摆手："洪兄别说了！你们啥时候挪窝？"洪金生道："顶多赖到本月底。"祖父沉思道："还有半个多月嘛……日军动不动？"洪金生道："没听说。""日军现有多少人？""最多时有四十人左右,后来让你们敲掉几个,太平洋战争爆发后,抽走一部分,现有二十出头吧。"

大约十天之后,一个月黑风高的夜晚,祖父亲率一支四十人的特别行动队,悄悄接近县城,剪断铁丝网,分三路潜入城内。他们每人身背一捆干柴,会聚到离炮楼三四百米远的县政府附近。按照约定,高占东提前把县政府门口的两个岗哨撤走。县政府院子里,有四个巨大的粮仓,囤积着日伪军费尽九牛二虎之力从各乡征集和抢来的数万斤粮食。前面说过,清水县没别的资源,就是粮食多一点,每年日军都要从清水县运走不少粮食——如果不是因为这个,可能这个据点早就裁撤了。

以前粮仓只有一个班的皇协军看守,加藤最近发现监守自盗现象严重,特别增派四个日本兵进驻,加强防守。祖父正是看准了这个时机,决定从此处下手。上级要求现阶段地方部队和民兵以破坏敌人抢粮运粮为主,这次行动十分符合上级指示。

四十人的队伍聚拢起来,先头两个小组一个负责对付日军,一个负责对付伪军。十二个伪军除了有两人反抗被捅死之外,其余的痛痛快快缴械投降。祖父简短地对他们训话,愿回家的每人发三块钱路费,不愿走的过一会回炮楼复命,务必说是鲁西八路军主力二十五团干的,你们压根不是对手。

负责对付日军的第一小组发现现场只有三个鬼子。因为日军不会轻易投降,只能下重手歼灭。这个小组的人都是祖父挑选的刺杀能手,三个人围住一个,大刀刺刀钢叉轮番上前招呼,没费多大力气报了当年关帝庙前拼刺刀惨败之仇。

与此同时,另外两个小组找到高占东预先派亲信藏于院内的两桶汽油,辅以携带来的干柴,点燃了四个粮仓。火势燃起,祖父正要下令撤退,意外发生了——四个鬼子中的一个原来跑茅厕去了,混乱中他瞅见祖父戴眼镜,指手画脚的,显然是个指挥官,摸出随身带的一枚甜瓜手雷,照着祖父甩了过去。众人都有些发蒙,就在手榴弹即将爆炸的一瞬间,小眼斜刺里扑过来,死死把祖父按压在身下。

爆炸的气浪掀翻了小眼,祖父无大碍。小眼全身多处负伤,昏死过去。众人一阵乱枪把那个猖狂狞笑的鬼子打成了马蜂窝。

撤回驻地后,小眼支撑了两天才咽气。祖父不吃不喝不睡,一直守着他。祖父回想起这几年来,先后有大嘴、长颈鹿、哑巴、徐大奎等人舍命救下他。这回如果不是小眼,他必死无疑!他不由得热泪长流,感慨万端……

小眼最后一次醒过来。祖父轻轻握住他的手,喃喃道:"那高占东说我命不长,活过今年活不过明年,活过明年活不过后年……他说得没错。如果不是你们,我早化成灰了……小眼兄弟呀,你们可让我怎么报答呀……"祖父泪水四流,泣不成声,不像个领导,倒像一个哭丧的老娘们儿。

小眼上气不接下气,强撑着,反而安慰祖父道:"陶校长,你是文化人,活着对国家用处大……不像我们这些粗人,多一个少一个无所谓……下辈子如果还遇到鬼子过来,我张二根还会跟你干……"

埋葬了小眼,祖父看上去苍老了十岁。

战斗的岁月既漫长,又快捷。一九四五年夏末秋初,日本人的气数眼看将尽。祖父给高占东写了一封信,派人送到县城,希望他率伪军反正,做内应,配合八路军打下清水炮楼;如果实在不愿意打仗,寻机把队伍拉出城向八路军缴械,亦十分欢迎之。几天之后高占东指派洪金生找到祖父,捎来口信——这也是祖父最后一次见洪金生——高占东表达了歉意,说他只打算向国军缴械,因为国军是政府军,跟中央政府走大抵是不会错的。洪金生笑笑道:"其实呢,表哥是嫌你们八路军穷,跟你们发不了财,他不愿意后半辈子喝西北风。"

祖父哈哈大笑道:"他说得没错,我们确实穷。爱财的人,最好别来。"

祖父一直纳闷高占东为什么那么爱财,借这个机会跟洪金生探讨。洪金生也不隐瞒,照实说了。

原来高占东早先是山东省政府的公职人员,为了谋到清水县县长一职,花两万大洋买通了韩复榘身边的人,好不容易当上的。原想两三年能捞回来,没想到这地方太穷了,日本人过来时,手头没攒下多少。要命的是,这些钱大都是找亲朋好友挪借的,连本加利,简直是天文数字。人家三天两头催债,高占东不想赖账,只好硬着头皮留下来给日本人卖命,在自己地盘上划拉点钱,紧攒慢攒七八年,才差不多还清了。他最近情绪不错。

洪金生道:"陶大队长,表哥最近又弄了一点军火,打折出售,很划算的,你接下吗?"祖父生气地一拍大腿道:"你回去告诉他,陶某以后不想再花一文钱,需要啥,我八路军统统从战场上夺!哪天就去端他狗日的炮楼!"洪金生淡淡一笑道:"如果近期八路军攻打炮楼,表哥的队伍自会枪口朝上,这个是可以做到的。另外,表哥还嘱我务必提醒陶兄,加藤可是宁为玉碎、不为瓦全,不要低估他。你没有重火器,最好不要贸然攻坚,打不下来,不如不打。"

祖父不愿意听这类屁话,遂下了逐客令。他埋头制订作战方案,决定倾全力攻下清水炮楼,并且给主力二十五团王团长写信,向他借一门迫击炮过来协助。

然而,还没等到他动手,日本天皇突然宣布,日军无条件投降。在那前后,高占东丢下队伍,不知去向。驻清水县日军的受降仪式,是由祖父亲自主持的。从依然坚固的清水炮楼里,打着白旗走出来十五个鬼子,其中有一个瘸子,一个疤癞脸,一个少了一只手,一个少了一只耳朵。那个造成王秀贤全家惨死的山本勇,居然也在里面。

在祖父眼里,走在最前头的加藤有饭相貌变化不大,只是军衔由少尉变成了中尉。他认不出祖父来了,早忘了当年在学校操场上戏弄祖父的那一幕滑稽剧。

让这十五个鬼子活着回到日本,成为祖父终生的遗憾。

据不完全统计,自一九三八年鬼子到我们县以来的七年时间里,祖父指挥县大队与日伪军作战五十余次,共击毙日军十四人,伤数人;击毙伪军三十多人,击伤数十人;我方牺牲六十余人,伤者无数。这个数字没有掺水分。

六十多位烈士里面，包括吴炳章的父亲吴瑞发。一九四五年春天最后一次反扫荡，老吴往前线送饭，路遇一个负伤装死的鬼子。老吴操扁担与其搏斗，咬掉了对方一只耳朵，最后被对方用刺刀挑断了脖子，壮烈牺牲。后来若干年里，祖父经常向我和姐姐念叨什么长颈鹿、小眼、大嘴、哑巴、屠夫王七、大牙、老吴……我们都听腻了。

在炮楼跟前主持受降仪式时，祖父有一个愿望：和平到来之后他愿意重新回到这里来，继续干清水中学的校长。可惜这个愿望没能实现。抗战胜利后，县大队一部分人加入了主力部队。祖父先后担任晋冀鲁豫野战军二十七团政治处主任、团政委，一九四九年随大军南下，一路打到贵州。一九五○年，祖父离开部队，转业到毕节地区的一个县当县委书记，一干就是十七年。

祖父一直惦记着"老朋友"高占东，专门写了一份证明材料，证明他抗战期间确实为八路军做过一些好事，却不知道把材料交到哪里。许多年之后才得知，高占东抗战结束那年跑到济南，隐姓埋名，娶妻生子，开了一家古玩店。新中国成立后，此人曾经当过汉奸的经历被扒出来，判了无期徒刑，几年后病死于狱中。祖父为他写的那份证明材料"文革"期间不慎落入造反派手里,正在接受审查的祖父因此背上"为汉奸开脱"的罪名,被人说成勾结汉奸投机取巧,算"半个汉奸",多遭了不少罪。

至于那位洪金生,后来回到老家生活。他和高占东是一个地方人,都是潍坊东边的高密县人士。新中国成立后洪金生在县机械厂当维修工人,左邻右舍都知道新中国成立前他在外地做小买卖。可是有一天,他在家摆弄金条,被邻居撞见,告发了他。公安人员从他家竟然搜出七根金条!他当汉奸的经历因之暴露,被判了十二年。他听说我祖父在贵州当县委书记,就写了一封信过去,请求祖父保他。祖父那时候正在"五七干校"劳动,没有接到信。"文革"后祖父恢复职位,到毕节地区当教育局局长,有一天县邮局给他送来那封积压了十年之久的信,他赶紧打电话问情况。高密县公安局的同志回复说,洪金生一九六九年七月从潍北监狱越狱逃跑,被狱警当场击毙。祖父一句话没说,把电话撂下了。

祖父离休之后,回鲁西老家安享晚年,住进了干休所。小时候我经常缠着他讲打鬼子的故事,他讲了一些,我还是挺崇拜他的。后来我长大了一点,从书上、电视上看到、别人嘴里听到别人打鬼子的故事,总觉得祖父当年不怎么会打仗，有时窝囊得很，简直惨不忍睹。他越来越老，我越来越大，慢慢地，我又觉得他讲得挺实在的，没怎么掺水分。

他去世之前，有一天头脑还算清醒，抓住我的手说："用不了几年，打过鬼子的人就都不在了。我给你讲过的那些，你有机会也给别人讲讲。吹大牛不好，千万不要让人以为打鬼子很容易，那是会贻害子孙后代的。"

迷糊了一会儿，他又半睁开眼道："你如实讲啊，不要老想着给爷爷脸上贴金，人老脸皮厚，不怕丢人。你怎么讲都行，只要说实话。"

我点点头，表示记住了。今天我把祖父打鬼子的故事讲出来，可能有点矫枉过正，讲过头了一些。好在祖父不会怪我，也就顾不得那许多了。

黄土谣

上个月跑了一趟绥德——北京有个编剧不知道通过什么途径找到我,说要为我死去的祖父写一部电影。电话里乍一听他说,我有点发蒙,有点好笑,有点不知所措,有点不相信。的确,我祖父是二十世纪四十年代陕甘宁边区有名的劳动模范,曾经受到过毛主席和朱总司令的接见——不是单独接见,是集体接见——但是毕竟过去这么久,新中国成立都有七十多年了,往事如烟,谁还记得他呀?眼下又有谁对他感兴趣呢?

编剧再三保证,投资方已经找好,导演也物色好了,都是国内有实力、人品绝对靠得住、有社会责任心的业界大咖。架不住他一番好说歹说,我答应陪他到故乡绥德走一趟。他先飞到榆林转车,我则从西安坐火车直接奔绥德。我们到他事先预订好的一家连锁酒店碰面。我早到了几个小时,在楼下的小餐馆吃了碗面,就在落日的余晖中,沿着穿城而过的无定河边随意走动。这地方我也是多年未至,其实相当地陌生。

绥德虽然是个穷地方,可名气不算小。米脂的婆姨绥德的汉——这句顺口溜相信很多人听说过,是陕北的一大骄傲,是个特色,它好像发端于三国时期著名的美女貂蝉和一代豪杰吕布。实际上貂蝉是不是米脂人,还不一定呢;而吕布并不是陕北人,这是有确切定论的。人们乐意传诵这句顺口溜,说明人们认可米脂出美女、绥德出好汉,这大抵是不会错的。

绥德历史悠久。秦时设绥德为"上郡",延安的前身肤施都在它统辖之内。彼时秦太子扶苏、大将蒙恬就在绥德驻守,并且冤死于此,埋葬于此。我在无定河边走,隐约能看到扶苏墓的轮廓,它对面就是蒙恬墓,因山势所阻,肉眼看不到。

宋代抗金名将韩世忠是我们绥德人,这是确定无疑的。前些年县上为韩将军造了塑像,摆在县城的中心,看上去很威风。说韩将军是我们绥德的骄傲,无人反对;而在将近八十年前,绥德还有一个令当地人感到骄傲的人物,他便是我的先祖父赵有良。

要讲赵有良,还是从一九三五年说起吧……

县城西面三十里外有个赵家沟,赵有良的家就在那条黄土老沟的深处。说是家,只有两孔窑洞,他和婆姨孩子住的那孔里面有一盘土炕、一个灶台、一张断了一条腿的枣木矮桌、几把小木凳、两只不大的盛放粮食的泥瓮、一只盛衣物的破木箱等几件可怜的家具;窑前连个土院墙都没有,用树枝、树棍随便围起来,就算个院子了。

有良是土生土长的赵家沟人,他婆姨吴石榴是米脂人——你看,米脂的婆姨绥德的汉,他们两口子正好对上了!从字面上说,他们是很美的一对儿。石榴是不是美女,已经没法考证,她连张照片都没留下;有良是个老实肯干的庄稼汉,这个没错,一张憨厚粗糙的脸,跟陕北所有的男人都差不多。石榴是有良的爹花三块大洋买下的。那年她十六岁,有良十七岁,他爹怕不牢靠,石榴来赵家沟的当晚就打发他们圆了房。石榴家里女娃子多,卖掉她爹娘不心疼,指望那三块大洋给她兄弟订一门亲呢!一开始石榴觉得自己命苦,嫁到赵家后发现,自己的命不苦,男人对她真还不错,他很少骂她,更没打过她,地里的活计全包了。如果非要往命苦上扯,那就是她的身子骨一直不咋样,给人感觉常年病恹恹的。

话说民国二十四年,也就是一九三五年春天,本该是大地回暖万物复苏的季节,石榴却染上伤寒。这一回病得厉害,几天里水米不进、高烧不退,本来就瘦弱不堪的她,眼见变成了皮包骨,面皮蜡黄、气息奄奄。从沟外请了个郎中过来瞧了瞧,那郎中阴沉着脸,像是来送葬的,一个劲地摇头。出了窑洞,连连叹气,对有良道:"大兄弟,人怕是保不住啦!赶紧准备后事咧。"有良不死心,毕竟婆姨还没咽气呢。经人指点,他跑到绥德城,摸到宏济堂大药房,找到当地最有名的郎中胡富仁——听人说他专治伤寒。那胡富仁捻着山羊胡,眼皮都没抬,甩过一句话:"五块大洋,一个子儿不能少。治不好退款。"

五块大洋,真够狠呀!走投无路没办法,这可真难倒了有良!眼下正是青黄不接之际,盛粮食的瓮都见底了,无粮可卖;破窑洞里,更是没个值钱的东西。有良首先想到了借。赵家沟能拿得出五块大洋的,除了霍起,怕是一时找不出第二家。回到村里,他直接奔去了霍家。眼见着霍起闪进了门楼,他后脚跟进去,霍起的胖婆姨李月娥却在门口拦下他,说:"大兄弟,你来作甚?"有良急赤白脸道:"找霍大哥……借点钱抓药……救婆姨一条命……"那李月娥脸上堆起笑："哟,这个嘛,得等你大哥回来再说,额可当不了家。"有良道:"他、他去哪咧?"李月娥道:"到米脂他三姑家吃喜酒啦!前脚刚走。大兄弟,你三天后再来吧。"说罢,就要关大门。

有良感到脑子乱得不行,从霍起家门洞钻出来,脚下一绊,差点摔一跤。应该早想到了,霍起是不借钱的。他说过,要是随便借钱给人,霍家那点家业早败光了。

现在,家中唯一值点钱的,就是两个孩子了。这时候有良的父母都已经谢世,大的是个男孩,叫大满,九岁半;小的是个女娃,叫杏儿,刚满六周岁。只要婆姨在,就不愁生娃,肯定得保婆姨……有良一狠心一跺脚,回家的路上就下定了心思。

村里的"大能人"刘德福帮忙找到了要孩子的人家,不说是哪儿人,只说是北面,靠近榆林,家里不缺吃不缺穿,日子好得很咧!保准把女娃当亲娃子养。黎明时分,来接孩子的人到了沟口,德福过来催有良赶紧动手。有良把熟睡中的杏儿塞到石榴怀里,让她最后再抱一会儿。有良虽然啥话都没跟她提,但她心里是明白的,久久说不出话来,脸贴着杏儿的小脸,两行泪珠顺着消瘦的面颊流下来。杏儿这时候醒了。有良以为杏儿会哭。杏儿一声没哭,她像个懂事的孩子那样,又闭上了小眼睛。炕角上的大满也醒了,他眼睁睁看着妹妹被人抱走。

七服药服下,石榴奇迹般活了过来。有好长一段时间,她从不提杏儿,仿佛压根没有过这个女娃子。有时她纺线累了,就走出院子,站到一旁的高坡上,往沟口外面张望,久久不动,久久不动。有良心里清楚,女人想杏儿了。夜里上了炕,她有心事,睡不着。有良就劝她,说:"女娃儿跟着咱,一辈子享不到啥福咧。不如去个好人家,最起码不饿肚皮。"又说:"你不也是几块大洋换来的吗?你没后悔吧?咱这不也挺好的吗?"还说:"你是这个命,咱杏儿也是这个命。咱们穷地方,卖儿卖女的事天天有,不新鲜,以前有,以后也少不了!"

这一带位于陕甘宁边区的最北面,属于陕甘宁边区的北大门,离延安有四百多里。它不同于延安周边的共产党核心区,这里是国共势力犬牙交错的地带。一九四〇年之前,国民党地方政权还存在着。赵家沟有三百来口人,在当地算个大村庄,国民党经常派人来赵家沟,散布一些共产党的坏话;共产党也经常派人过来搞宣传,说一些国民党的坏话。老百姓嘛,你说啥是啥,听着就是了,谁好谁坏,他们要观望。

随着共产党在边区接合部逐步建立并稳固自己的政权,双方的摩擦在所难免。闹到一定程度,国民党的绥德县县长何绍周被赶跑,北大门的局面算是稳定下来了。

一九四二年秋末,夏庄稼收罢后,新任区委书记贺华想选个地方搞社会调查,挑来挑去,挑中了离城不太远的赵家沟。这时候的陕甘宁边区,由于人员膨胀,加上国民党的封锁,外援断绝,边区的经济正处于极度困难之中。陕北本来就地瘠民贫,要想让一百万边区百姓养活十万人的部队和工作人员,是根本不可能的事情。毛泽东提出"自己动手,丰衣足食",年初党中央决定全边区军民开展大生产运动。作为地方官员,在自己辖区内推动群众开展大生产运动,多产粮食,多交公粮,是首要任务。延安那边产生了著名的农业劳动模范吴满有,一时风头无两。贺华作为新任区委书记,也很想抓几个大生产的模范典型人物,大张旗鼓地予以宣传,以点带面,发展生产,搞好经济,创造一个热火朝天的新绥德。

贺华带区委宣传部部长、一个秘书、一位报社记者,以及通信员小高、警卫员小黄等五人步行来到赵家沟,随行的两匹骡子驮着他们的日常用具。他们分成两组,住进两户条件稍好的农民家中。

调查组用一周时间摸清了赵家沟的状况。这个与陕北黄土高坡的其他村子并无二致的村落,眼下共有三百零七口人,分住在三条沟里,除了霍起等几户人家光景好过之外,多数人家能维持温饱就相当不错了。还有不少拉饥荒的,这两年公粮完成得也不理想,拖了后腿。

贺华带人走进走出,挨家挨户让人们说出自己心目中的"好劳动者",一共筛选出十位候选人,其中就有赵有良,而且他的呼声很高。贺华的住处离有良家挺远,需要翻过一座山头。他想找有良当面聊聊,去过两次有良家,都赶上有良不在家。一次是早晨,他婆姨说,他去拾粪了;一次是傍晚,他婆姨说,他下地还没回,而这时候已经到了晚饭时间,天都黑透了,他竟然还不归家。

一天上午,贺华带警卫员小黄离开住处,一路打听着摸到了有良干活的地方,他正和儿子一起翻地。巴掌大的一块山边坡地,离家又远,有良不想放弃,打算明年开春种点蓖麻。有良早听说村里来了共产党大官,搭眼一看,这位书记比自己年轻多了,瘦高个,戴着黄边眼镜,像个白面书生。贺华老远就招手打招呼,说:"老哥!干的咋样了?歇会儿吧！"有良嘿嘿一咧嘴，放下镢头，大步走到地头，把一双泥手往裤腿上抹了又抹，不好意思地握了握贺华伸过来的手。他感觉手上的泥巴沾到了贺书记的手上，老盯着贺书记的手。贺华全然不当回事，拉他坐在地头上拉呱。一问年龄，两人同庚，都是三十四。但是看上去有良至少比贺华大十岁。有良个头不高，但身体敦实强壮，上身穿着打了一摞补丁的黑夹衣，下身着灰色长裤，也满是补丁；他脸色红润发紫，一双小灰眼珠子不停眨巴着，脸上的皱纹很明显，像冬天冻裂的土地；留着一小撮胡子，头顶过早地秃了，一身的泥汗味儿。

贺华拉着有良蹲在地头聊了半个钟点，他还吩咐小黄拿起有良的镢头刨地，跟有良的儿子大满比试比试。小黄个子比大满高出一个头，身体也强壮得多，但刨地根本不是大满的对手，一会就被大满甩在了后面。

贺华下山去了。他大体摸清了有良家的情况。以前有良家中只有可怜的五亩半土地——放在平原，不算少了，可是山地产量极低，每亩平均收七八十斤就算丰年。这点地不够他干的，有良另外还租了霍起家十几亩地，年末交了租子，也剩不下几斗。他终年劳作，却一贫如洗，遇上坏年景，粮食减产绝产，全家常常吃糠咽菜，饿到啃树皮。他婆姨石榴嫁过来十年多,感觉一年到头,就没有吃过饱饭。何绍周被赶走后,共产党在赵家沟一带搞过一阵土改,有良家分地八亩,他又开垦了十多亩荒地,加上这两年的年景不错,没遇大旱,除了应交的公粮,剩下的够他一家三口填饱肚皮。去年交公粮时,因为村里没完成任务,乡里不高兴,他带头多交了两斗四升谷子,因此被选为乡参议员。婆姨和儿子对他有意见,说他傻。他说,共产党没来时,咱吃什么喝什么?现在吃什么喝什么?人得讲良心。

问他种田的经验,他说,额没有啥秘诀,就是肯劳动。他穷怕了,饿怕了,所以他爱土地,对土地有感情。全村就数他起得最早,睡觉最晚——天没亮就下地,天黑了才从地里回来。冬天别人在家闲着,他背个粪筐到处去拾粪。他还把冰块背到地里,春天,就有了消融的雪水滋润土地。庄稼出了苗,别人懒,怕上山,不锄草,或者只锄一次,他至少锄两次。一般农户耕地时掘土5寸深,他至少掘7寸深。因此,他的粮食亩产比一般农户的多出五分之一。他还抽时间割柳条编筐子,不久前换来一头猪崽,打算明年养到二百斤,而他家已经很多年因为缺粮不养猪了。

霍起也是众人推出的候选人之一,这让贺华颇有些意外。霍起年龄要大几岁,四十出头的样子,他家是村里最富有的人家,他本人也算是赵家沟最有威望的人之一。陕北这地方人穷,这里的地主也比不上别处的地主阔气,相当一部分地主是靠吃苦肯干、勤俭持家、精于算计逐渐起家的,并不像传说的那样欺男霸女、鱼肉乡里、罪大恶极。

贺华来到霍起家,看到霍家有五孔窑洞,洞门顶上砌着青砖和条石,窑洞干净、齐整,院落挺大,甬道铺着青砖。院子一角是牲口棚,里面拴有两头青骡子、两头黄驴,院落里鸡鸣狗叫,烟火气旺盛。家人穿得体面而整洁,显示这一家人丰衣足食。

这一带由于地域特殊,虽然几年前搞过一次土改,但并不彻底。霍家原有四百多亩地,交出一半,就算过关了,他家还能保留下二百多亩,而且是土质较好、较为平整的良田。后来一切为了抗战,要搞统一战线,团结一切可以团结的力量,并没有再大规模搞土改运动,所以共产党来了之后,霍家的生活,影响并不大。

霍起早年上过几年私塾,粗通文墨,是村里仅有的几个识字的人,贺华和他交流起来一点不费劲。贺华热情地握住他的手,原以为是一只细皮嫩肉的手,上手才发现,厚厚的老茧,跟赵有良他们的手差不多一样粗糙。可见他也是经常劳动。

霍起领着贺书记满院子转了一圈,看了盛满粮食的几个大囤,看了牲口棚,还看了堆满柴草的小偏房。这地方的风俗,看一个家庭是否富足,不仅看粮囤,柴草也得充足,才算是个真正殷实的人家。霍起最后把贺华领到做客厅的中间窑洞里。正面的墙壁上醒目地挂着毛主席、朱总司令的大幅画像。在赵家沟,家中挂两位领袖像的人家,贺华并没有见到几户,可见这霍起是个颇有头脑的人。东侧面的墙壁上,挂着霍起和他婆姨的一张合照,旁边另有一张身穿八路军服装的单人照,想必他就是霍家二儿子霍亮。霍亮是八路军一二九师的一名连长。

贺华并不知晓,当初何绍周在绥德、新政权未建立时,霍家这地儿挂的可是孙中山和蒋介石的像,另外还挂了大儿子霍明的照片。霍明是胡宗南部队的中校营长,长期驻防省会西安。

贺华临走时客气地说:"霍先生,你是开明绅士,希望你以后带头多交公粮,支援咱八路军抗战哪!"霍起拱手道:"贺书记可以打听打听,抗战这几年,每年额家交的公粮,都是全村最多的。去年村里一共交了十三石,额一家就交了三石多,占四分之一。"

实话说,到霍家拜访,霍起一家人给贺华留下的印象蛮好的。

为了使评选出来的"好劳动者"令人服气,贺华决定搞一场实打实的劳动竞赛。他挑选了八个候选人。没想到,霍起也报名参加,他成了第九名参赛者。调查组在沟外找了一片较大的未开垦的荒坡,布满杂草和树根。九名参赛者一字排开,比赛从早晨八点开始,中午十二点歇息一小时,一点钟继续干,到晚五点结束时测量每人一天的开荒量。

有良身边就是霍起。霍起敢参加,说明他不是吃干饭的。事实上霍起的确是赵家沟数得着的种田好手,年轻时人称"气死牛",意思是他比牛能干。他家里雇着长工,但逢到春种秋收的关键时节,他一点也不惜力,总是带头干,甚至比长工干得还卖力。有良前些年经常到霍家打短工,目睹过霍起干活时的疯劲儿。

自从那年霍起躲起来不借钱给他,致使他不得不卖掉女儿,他就在心间跟霍家结了梁子。当然表面上他还得尊重霍起,毕竟霍起是赵家沟的头面人物之一。但从内心里,有良是怨恨,乃至痛恨霍起的——见死不救的土财主,别想有好报!所以看到霍起突然要参加开荒竞赛,有良是很兴奋的,他不为别的,就为把霍起比下去!

竞赛开始后,有良眼睛不时瞟向身侧的霍起,他快,有良也快;他慢下来,有良也慢下来。有良不担心别人,别人不会是他的对手,唯一能构成对手的,就是霍起。如果霍起再年轻几岁,有良未必搞得过他,毕竟他家生活好,吃得棒,身上力道足,有后劲;不像有良,每天都是粗饭淡菜,一年到头吃不到油腥。

这场竞赛吸引了不少村民。全村来了一百多口人围观,外村也有人跑来凑热闹,他们为自己熟悉的人加油喊口号,现场气氛热烈,跟过年差不多。有良一心想把霍起比下去,有一阵子干得过快,用力过猛,心跳得厉害,头也有点晕。他有意减慢了一点。中午休息吃饭时,他目测了一下,发现霍起肯定超过他了,霍起开了足有四分荒地。休息过后继续开干,有良只有豁出去了,他想,今天就是累死,也不能落到姓霍的后头。

竞赛结束,到傍晚,调查组的人量了又量,测了又测,最后成绩出来了,霍起七分九厘,有良八分一厘;有良第一,霍起第二。想想真是好悬,连贺华都一直吸着冷气,生怕第一让霍起抢了去。他毕竟是地主身份,尽管他有个当八路军的儿子,是抗属,但是劳动模范的称号授予他显然是不合适的,连考虑都不要考虑。对于霍起来说,他明知道自己的身份,却坚决要求参赛,可能也并非要当个什么劳模,无非是想争口气吧,告诉共产党的人,他也是个不折不扣的劳动者,不是不劳而获的寄生虫。但不管怎么说,霍起的目的达到了。

调查组最终确定了赵有良为赵家沟和乡里的劳动模范,并打算报区委批准,把他树为全区的劳模;同时还产生了乡村级纺织模范、拦羊模范、拾粪模范等数人。有良不想当什么劳动模范,他不识字,连自己的名字都不会写,口舌又笨,让他当劳模,听说还要外出做报告啥的,他一想头都大。

晚上,有良踏着月光到贺书记住的人家去,想把这个事辞掉。他走到那家的院墙外,透过门缝,看到月光下贺书记正在推碾子,边推边向众人说着啥。有良停下脚步,只听贺书记说道:"回去后我也要亲自动手,和小黄、小高合作种棉花、白菜,每天捻毛线一小时;办公用品力求节约三分之一;一年内衣服被褥不要公家补充,冬天睡冷床,只烧炉子不烧炕,提早停火半个月;锻炼身体,争取不用公家医药费。你们看,可不可以?"只听小高、小黄齐声说:"首长,我们坚决做到!"

有良心里热了一下。听说全边区只有一百多万人,贺书记就管五十多万,占三分之一,可他还要亲自种地……

似乎还听贺书记说过,延安的毛主席、朱总司令也要亲自种地……这些共产党的人,跟以前的国民党,真不是一路人。

有良在外站了一会,觉得来一趟,不进去说句话,不对味儿。于是他就大声咳嗽了两下。小黄出来,把他领进去。他跟贺书记一块推碾子,插个空儿壮起胆子说:"贺书记,额不想当劳模咧!额只想种好地,当个好老百姓。"贺书记停下推碾子的脚步,把他拉到一旁的石磨旁坐下,给他倒上一碗热水,拍拍他肩膀说:"我还想建议你当村主任哪,老赵同志!等你达到入党标准,我们就介绍你入党!老赵,你想想,你不当,难道让霍起这样的人当?让刘德福这样的'大能人'来当?"

有良摇摇头,叹口气。贺书记都把话说到这个份上,他知道推不掉了。贺书记又道:"有良!咱共产党不图别的,就为让天底下像你这样的老百姓填饱肚皮,以后再也别卖儿卖女……"

有良心窝子一热,眼圈湿了。他抬起粗大的手掌,抹了抹眼睛。

调查组在赵家沟一共驻扎了二十八天。贺华临走前,教给有良一些工作方法,并把将要出台的一些新政策透露给他,比如新政府鼓励农民开荒、新开发的土地不交公粮等。

贺华还把自己用的一支自来水笔送给有良,希望他学点文化。当干部,没有文化那是不行的。有良伸双手接过笔,像接过一根粗木头那样,感到很沉重、很沉重。

转过年来,贺华又来了一趟赵家沟,这回待的时间短,只有七天。这之前延安的《解放日报》发表了记者为赵有良写的文章,他的事迹几日之间传遍陕甘宁。他成了绥德的名人。

短短几个月,赵家沟变了模样。村支部书记赵荣是个老党员,但他身子骨弱,经常病倒,想管事也管不了,这期间村里的事主要交给有良负责。有良带头开垦荒山,他和大满一冬开出了二十多亩荒地,开春全部种上谷子。赵家沟每人平均开荒三亩多。春耕开始后,有良组织农工队,把村里的四十多个壮劳力动员起来干急活重活,把二十多个老汉组织起来垫圈、割草、做零活;把十多个娃娃组织起来拦羊、放牛,把三十多个妇女组织起来做饭、拔草、纺线。村里的生产工作搞得有声有色,有模有样。

贺华这次来,特意介绍有良入了党,就这样他成了党的人。

干了几个月村主任,有两件事让有良很苦恼。一是村里有十多个"二流子",搞得村子乌烟瘴气,不好对付。这些人包括"大能人"刘德福、寡妇马赛花、游民王三瓜等人。他们都是懒汉,不事生产,今天偷东家的鸡,明天偷西家的蛋,依靠偷盗、欺诈、乞食、赌博、卖淫等不正当收入为生,有的竟然还吸鸦片。上回土改,他们都分到了土地,但是他们嫌种地累,收入还低,宁可撂荒。这些二流子,萎靡不振,一眼就可辨认出,穿的都是破破烂烂,脸孔看起来像是发了霉的谷子。他们不仅自己不生产、逃避公税,而且说怪话,破坏别人的生产情绪。

贺华告诉有良,二流子到处有,陕北尤其多,客观上与陕北人源于游牧民族的习性相关。据调查,一九三七年之前,延安县人口三万,地痞流氓为一千六百多,占百分之五。根据这个比率,当时边区流氓二流子有三万。现在经过改造,没那么多了。对这些人,唯一的办法就是耐心改造,急不得。贺华又说,今年延安喊出的口号是:发展生产,加强教育。教育和改造人,是永远的事情,是最终的主题。懒惰、腐化、浪费是生产运动的敌人。在生产中,将来不许有一个败家子,有一个二流子。

有良苦恼的第二件事情是,群众对霍起仍占有那么多好土地有看法,不公平,希望分配一些;再说姓霍的毕竟是地主,跟咱穷人不一个心眼。有良多年来不愿搭理他,认为他自私、不可靠,总琢磨着打击他一下。

贺华严肃起来,说按照眼下的政策,只能搞减租减息,好说好商量,不能瞪眼睛强占地主的土地。贺华提醒有良,作为村干部,不能带着情绪工作,务必和霍起搞好关系。他还是抗属呢,理应受到优待,况且他本人还算开明。要用发展的眼光,想办法团结、争取他,让他多出力。

有良无奈地叹口气。他知道说不过贺书记,最后还是点了点头。

贺华又问有良:"让你学文化,学得咋样了?"有良不好意思地抬手搔搔光脑壳,嘿嘿一笑。上级派来了工作队员,在村里办起识字班,婆姨石榴以前一个大字不识,现在都能识一百个字了,大满识二百多个字了,可有良几乎还是一个大字不识。一是他忙,没时间上课;二是他从心里犯难,让他学识字,还不如让他抡镢头开二亩荒地省事呢!

贺华第二次来,赶上石榴犯了一回病。她是个出了名的病秧子,哪年都要犯几回,以前有良家里穷,与她是个药罐子也有较大关系,卖了粮食换点钱,最后都让她当药汤子喝下了。这回要不是贺书记,兴许她就过去了——贺华派警卫员小黄回城,从警备区紧急请来一位军医,诊断说是心脏毛病,又是扎针又是灌药,折腾半天才把她救过来。

就是借这个机会,石榴跟贺书记提起了当年卖掉的女娃杏儿。酸枣核再小,也有一颗心,自打杏儿离家后,她这个当娘的就多了个心病,夜里做梦是杏儿,白天恍恍惚惚看到的,还是杏儿!这些年里,石榴从不敢在人前提杏儿,她留下的几件小衣服,都让有良藏了起来,后来也不知塞到啥地方了,再也不见了。这一晃快八年,送她走的时候她六岁,现在就是十四了。她长成啥模样了?在新家习惯吗?新爹娘疼她吗?不会打她骂她吧?她能吃饱饭吗?……

石榴脑袋瓜里,净是这些问题。

贺书记问石榴,孩子长什么样?她说了长相。又说,这么些年了,也不知变模样没有?还说,她后背上,背心处有一颗黑痣,黄豆大小。

贺华久久地沉默着,啥也没说。

过了好久有良才知道这事,他有些不高兴,怪婆姨多嘴多舌,说:"人家贺书记那么忙,得有多少大事操心?你提孩子的事给人家添心事,不该啊!"石榴抹着眼泪道:"额不是让贺书记找杏儿,找不着的!天底下卖儿卖女的,多的是嘛！也没见几个找回来的。额就是心里堵得慌,说出来,心里面就亮堂咧……"

她嘴上说找不回来,还是不死心,纺了一点细线,精心染过,织了一条红围巾,说是杏儿有一天回来,就给她围上。

一九四三年的庄稼长势不错。有良整天在地里转悠,他除了做好自家的活计,还得惦记全村的生产。儿子大满转眼间长成大小伙,他十七岁了,个头比有良高出了半个脑袋。有良平时话不多,大满更是话少,一天到晚说不了几句话。这娃子干活不惜力气,是个种庄稼的好手,就是性子倔,有点像有良的爹。要命的是,他从小就跟有良犯拧巴,爷俩脾气不对付,像拴在一个食槽里的两匹大牲口,互相看着不顺眼,你给我一蹄子,我顶你一头。

进入夏天,有良发现大满有点不对劲儿。有人看见大满进入寡妇马赛花的窑院。这马赛花三十多岁,男人早些年病死了,她吸烟喝酒招汉子,爱串门搬弄是非,一口黑牙让人恶心;有地不种,靠三寸不烂之舌当媒婆混饭;而且不思改嫁——她想改嫁,正经人家也不会要她!马赛花属于典型的女二流子,有良不怕别的,就怕她勾搭大满。那可真要了命！有一天趁石榴不在跟前,有良问大满:"你去见马寡妇作甚?"大满脖子一拧:"没作甚。"再问,他干脆闭上嘴装死,一声不吭。有良抬腿想踢他,他一躲,头也不回走了。

有良让婆姨留心点儿,这事儿绝对马虎不得。石榴转着弯儿很快打听清楚了,劝男人别瞎想,娃子在做正经事。啥正经事?有良追着问。石榴见瞒不住,只好和盘说了——原来马赛花想给大满做媒。有良说:"他还小呢,着急啥呀!"石榴说:"他虚岁十八了,还小?你不就是这个年纪结的婚?"有良说:"眼下跟过去不一样了。"

有良追问半天,才搞准那马赛花想撮合大满跟霍起家的女娃子攀亲!霍起有两儿一女,女娃最小,叫丹桂,今年满十五周岁。据说霍起很乐意,不然这事也到不了这一步。霍起曾经抓了两只鸡送给马赛花。霍家女娃子很少出门,有良有好久没和她打过照面了。

有良问:"大满咋想的?"石榴道:"他当然乐意。当了霍家的女婿,啥也不用愁咧!就等你点头哩!哪天我先放个风,就说你乐意。再选个好日子,让赛花妹子代表咱到霍大哥家提亲。"有良脸拉下来,黑得跟猪血的颜色似的。他瞪一眼婆姨,用力拍打着炕沿说:"姓霍的为啥乐意这事?还不是看我当了村干部!要不,他能看上咱家大满?你见鬼去吧！"

不论石榴怎么劝解，有良就是不同意，他气哼哼道："咱家穷，配不上人家地主大老财！大满还是收收心好，以后不准再去马寡妇那儿，否则老子砸断他的狗腿！"

大满从娘嘴里知道爹死活不同意这门亲事，干脆也不下地了，整日躺在他那孔窑洞里装病。有良不睬他，只要他不跟马赛花来往，他就翻不了天。有良不怕别的，就担心他跟狗日的二流子们学坏。

几天后有良去了霍家，他站在大门口，招呼扫地的长工刘猴儿喊东家出来说说话。霍起的胖婆姨李月娥闻声先出来，满脸堆笑，要拉有良进家喝茶。有良不为所动，坚决不进门。霍起讪讪来到大门口，也不往家里让。有良道："霍东家，有个事跟你商量商量。"他以前总爱称呼他"霍大哥"，自从卖了杏儿，他就改了称谓，叫他"霍东家"，或者"霍老财"。

霍起问："赵主任，你有啥事？"他以为有良来说儿女的事。他早已知道有良拒绝了两家的亲事，但他脸上不显露出来，装作无事一样。有良想到贺书记的嘱咐，尽量缓和口气，喊霍起走到离大门不远的崖道上，小声道："霍东家，你听说了吧？为了支援抗日，边区各地方都在搞减租减息。政府请你再考虑考虑,今年地租是不是该降一降?"

霍家现有土地约二百亩,租给别人一百五十亩,自种五十亩。这是有良第三次来找霍起谈这个事,前两次没结果,霍起坚称他家的土地不是偷来的,不是抢来的,是霍家几代人省吃俭用勤干苦干攒下的;每亩好地交租子两斗,孬地交租子一斗半,祖祖辈辈就是这么传下来的,除非赶上特别坏的年景,否则租子是不能随便变更的;况且他家还是抗属,二娃子正在黄河以东打鬼子呢!按政策,政府还得优待抗属呢!

霍起点上烟袋锅,吧嗒吧嗒猛抽一阵。有良道:"霍东家,你不能再拖下去咧,再拖村里就没法给大家伙儿交代咧!"霍起蹲下,愣了有好久,仰脸问:"赵主任,你说咋个减法呢?"有良说:"村里定的方案,不论好地孬地,每亩也不多减,只减半斗。"霍起皱着眉头站起来,摇一摇头,重重地叹口气:"唉,就依你们说的办吧……"

有良心里一块大石头落了地。他这才发现,霍起这个人,还不算太顽固。于是他咧开大嘴笑笑说:"那咱说定了!我这就去给大家伙儿打招呼。"他扭头便走,走出好远,却听霍起在他身后说:"赵主任!我家女娃配不上你家大满,是不是咧?"声音悲凉。有良呆愣在那里,不知咋回答。

随后砰的一声关大门的声音。霍起进家了。

一九四三年,还有一件事情需要记住。

陕北北部人多地少,可开垦的荒地不多,而延安周边地广人稀,这一年上级要求绥德出五千个劳动力移民,南下开荒。赵家沟已无荒可开,乡里分给十个移民名额。乡委书记曹随田专门把赵荣和有良叫到乡里,传达上级要求。并且告诉他们,区委贺书记明说了,别处完不成移民任务可以,唯独赵家沟不行,因为赵家沟和赵有良是全区的模范,不得马虎!

"大能人"刘德福不知从哪听来的传言,说南下开荒是假,征兵是真!移民就是扩兵,过黄河跟日本人干仗!还说,南路水土不好,婆姨生不出娃娃。

他这么一传,赵家沟有点乱套,有点炸锅。刘德福绰号"大能人",只因他到处串,结交的下三烂的朋友多,能吹能侃,不少人听信他。实则他是个典型的二流子。他抽大烟,手头缺钱,竟然把老婆卖掉。他还拐卖过别人的老婆,时常和那马赛花勾搭鬼混。分给他土地,他不要,雇人拉煤贩卖。一有动静就造谣生事,唯恐村子不乱。有良派民兵上门堵他,发现他跑了。他可能担心村里强制他移民,早早躲了起来。

话说回来,即使刘德福不乱讲,移民的难度也很大。村人不愿意移民,担心死后不得归祖坟,认为"金屹崂,银屹崂,不如咱个土屹崂"。人离乡贱,物离乡贵,人们甘愿守在少得可怜的土地上。

乡里派来宣传队,宣扬"边区到处都是家",动员人们"土屹崂,草屹崂,赶快去垒个金屹崂",说那边种子备好了,农具随便使,也有住的地方;政府还给贷款,不要利息;开荒打出的粮食当年全归个人,不用交公粮。然而效果却一般,主动报名的几乎还是没有。有良比谁都着急,眼珠子红了,嗓子哑了,他把够移民条件的壮劳力集中起来开会动员。人们都耷拉着脑壳,尤其是那些家里条件好、能够吃上饱饭的,谁愿意挑这个头?

有良一急之下,说了几句难听话。有人拿话堵他:"赵主任,你家咋不南下?"他一愣。说的是呀!他动员别人南下,自己家明明有两个壮劳力,却装作没事似的!他脑袋一热,拍了胸脯说:"吃米不忘种谷人,我家翻了身,不能忘记人家共产党的恩德,我先报名!我带头去!"他这一表态,效果立竿见影,立时就有七八个人报名,都是家里条件不好的下贫农。

有良要求南下的事情报到乡里,乡委书记曹随田坚决不同意,说:"你是咱绥德的大名人,谁走你也不能走!区委贺书记也绝对不会答应!"无奈,刚刚热乎起来的移民一事,在赵家沟又凉下来。

　　就在有良一筹莫展之际,大满却站出来说:"我去!"他在这个家里待够了,一天也过不下去了,哪怕真去扩兵从军,真去打日本,他也顾不上了。他只想豁出去,离这个家远远的。

　　大满话音刚落下,他娘石榴"呜"地叫了一声,抬手抹起了眼泪,说:"娃儿要去,额也去!额不放心,他才多大,才不到十八……"

　　有良心里跟着一阵悸动。娃儿虽说老跟他闹别扭,但毕竟是自己的亲生骨肉,他长这么大,从没离开过家一天,他这一去,无人照看,以后咋样,谁说得清?现在有良有点后悔了,后悔当初没同意他跟霍家女娃子结亲……

　　唉,现在说啥也晚了。

　　夜里婆姨不睡觉,犯了魔怔一般,歪躺在炕上哭天抹泪,怪有良非要当村干部逞这个能,以前穷是穷苦是苦,可是省心哪!现在眼看着娃子南下,四五百里远,路上遇到狼、遇上土匪咋办哩?他一个人,从没做过饭,到了那儿吃啥喝啥哩……直嚷嚷得有良脑壳疼,呵斥婆姨闭嘴睡觉。大满从他住的窑洞听见了,踹开这边窑洞的门,怒目道:"额自个愿意去,死活不用你们管!"

石榴哭归哭闹归闹,大满终归是走了,头也不回地走了。他带了个好头,赵家沟圆满完成了当年的移民任务。大满一走,有良感到窑院里冷清多了。婆姨先是大病了一场,随后成了根木头,每天只知道纺线,嘴巴闭得紧紧的,一声不吭。

在家里待不住,有良每天外出更早,回家更迟。他顺手把寡妇马赛花的四亩多地也种上了,种的南瓜、洋芋、高粱。秋天,有人家愿意用谷子、黑豆换南瓜、洋芋,有良把换下的四斗谷子、二斗黑豆和三斗半高粱送到马赛花的窑院。这娘们怎么也不相信,专门跑到自家几块地里,看到收割后的景象,这才信了。跑到有良家里,用手遮住一口黑牙说:"有良哥!你让妹子咋感谢你呀……"说着竟然流下眼泪。有良说:"甭说感谢的话。新社会了,女人也能下地,劳动不丢人,不劳动才叫丢人!明年你自个种,行不行?不行我再帮你种上。"马赛花连连答应:"行行,明年我试试看。"

这年秋天,区委表彰全区的劳动模范,赵有良被推举为甲等劳模,排头一名。贺书记代表区委和全区五十万人民,奖励他一头大黄牛！在绥德城,上万名群众集会,有良穿着干净的衣裤,身披大红花,牵着同样披着红花的大黄牛,在"嘭嘭嚓嚓"的锣鼓声中,走过欢呼的人群。他的眼睛是模糊的。他的血是滚烫的。他的心是剧烈跳动的。他的嘴唇是哆嗦的。他一个大字也不识的庄稼汉,早先无人瞧得起的穷受苦人,凭啥享受这么崇高的待遇？往上数三代五代,又有哪一个先人有这等荣耀？没有的！没有的！现在赶上了好年景,穷苦人有了指望,才活得像个人样儿,他才有了这至高的尊严……

有良牵着大黄牛往家赶,一路上不断地有人给他让路,冲他鼓掌、竖大拇指。他呵呵笑着,脸是放光的,眼睛是红的,浑身是热的。还没到村口,就见村里人纷纷涌出来迎候他,大人孩子,足有二百来口,站在道路两侧高高低低的崖畔上。他看见霍起来了,马赛花来了,刘德福也露了头。人们一律冲他吆喝、鼓掌,还有的亮开嗓子唱歌。那大黄牛似乎比他还自豪,得意地扬起脖子,"哞哞"地高声叫起来,叫声在沟沟壑壑间传递着,回荡着,都传到天上去了……

年底,有良作为绥德派出的代表,赶赴延安,出席陕甘宁边区第一届劳动模范及模范工作者表彰大会。在这次大会上,毛主席做了"组织起来"的讲话,并和朱德总司令一起接见了会议代表。史料记载,这次表彰大会表彰了特等劳动模范25人、甲等34人。赵有良位列特等劳模。

这年春节,他养的那头猪果真长到了二百斤上下。他给贺书记捎信,想把这头肥猪送到绥德,请区委的同志们过个年。贺书记回话说,绝对不可以,让他自家杀了过年,给婆姨补补身子。他觉得自家吃一头大肥猪太奢侈了,太过分了,这跟地主老财有啥区别呢?

听说警备三团在榆林南边刚刚跟进犯边区的国民党顽固派打了一小仗,眼下驻扎在东北方向、离赵家沟二十里地的柳林镇。想来想去,有良决定把肥猪赶到柳林镇,让刚打过仗的部队好好吃一顿。

大年三十,部队的首长见边区鼎鼎有名的大劳模赵有良亲自前来慰问犒劳,很是高兴,带他参观了部队的会操。说到慰问品,有良好说歹劝,直到发了火动了气,首长才决定收下这头猪;但有一个条件,让他耐心等一会,等杀了猪割一块肉带回去过年。有良提出,最多三斤,多一两都不行。

半下午,他提溜着不多不少整三斤肥肉回赵家沟。在沟口遇到慌里慌张的马赛花,便问她:"妹子,咋咧?"马赛花说:"有良哥!'大能人'病了,病得厉害,快要死咧!"有良掉头往刘德福的破窑洞走,想去看一眼。马赛花拦下他,说:"有良哥!其实他也没啥大毛病,就是身子骨虚弱。额这就去霍大哥家借几个鸡蛋……"有良犹豫一下叫住她,把那块肉递了过去。

年夜饭,有良和婆姨吃的糠窝窝。本来有良叫石榴蒸一锅白面馍馍,石榴惦记大满,唠叨说不知娃儿过年能不能吃上一口热饭咧,说着说着,跑到一边哭了好久,蒸馒头的心思也就没了。有人来串门,看到两口子大过年的闷头吃糠窝窝。第二天,大年初一,这事就在赵家沟传开了,有人感动得落了泪。当人们得知马赛花和刘德福合伙骗走了有良的三斤肉,说什么难听话的都有。

正月十五过元宵,好像这回刘德福真的生病了,有人看见马赛花给他请来了郎中。有良拿着四个鸡蛋,走进德福家臭烘烘的窑洞。他把鸡蛋放在锅台上,德福忽然哭开了,伸手抓住有良的胳膊说:"有良哥!额对不住你咧……"有良说:"咋咧?不就一块肉吗?"德福说:"不是肉的事咧。那年你卖女娃儿,俺给扣下了三块钱……俺不是人咧……"

有良叹口气,拍打一下德福的脑袋瓜,说:"兄弟!这都过去多久咧?你还提这个……咱不说这事咧。兄弟你好生养病,开了春好有力气跟哥学种地。"德福愣了好一阵,才道:"哥!你给打听打听,今年还有移民的名额吗?"有良说:"你问这个作甚?"德福说:"额和赛花商量过咧,新社会,二流子当不下去咧……额和赛花没脸在赵家沟混,想合伙南下开荒去咧……"

有良宽慰地笑起来。

大满离家半年,连封信都没往家捎。石榴着急得不行,一天夜里梦见他落水,差点淹死……石榴醒来就抽抽搭搭地哭,有良烦得没办法,披上衣服出了窑洞,背上粪筐拾粪去了。石榴到另外几家南下移民的人家打听,看看人家男人有没有捎信回来,里面提没提大满。人家都说,没有。又说,南边地方大,兴许咱这地方的人到了那边,分散开了。

大满离家快一年,还是没个信儿。石榴叫有良跑一趟延安,又怪他上回到延安开会,咋就不抽个空子到娃儿开荒的地方看一眼。据说那地方离延安并不远。有良嘴上不说,心里着急,也后悔——是啊,咋就不顺道看看儿子?儿子是赌了气走的,是被他这个当爹的气走的,要是当初不阻止他和霍家女娃的亲事,哪怕先含含糊糊答应,来他个缓兵之计,兴许娃儿也不会决绝地离家。

有良坐不住了,他跑了一趟绥德。在区委门口,他报上名字,说找贺书记。站岗的士兵知道他的大名,非常客气,没让他傻等,立时摇电话。区委和一些什么机关设在一座地主家的老宅子里,这宅子从外头看很高大阔气,两进的四方院,房屋一律青砖到顶,青色的琉璃瓦,大门口两尊石狮子气势威猛。不一会儿,贺华的警卫员小黄就露了面,热情地把他招呼进去。贺华在办公室接见他,他汇报了今年的生产计划,既有全村的,也有他家的:争取全村粮食总产量比去年提高百分之二十,公粮增交百分之二十;他家各增加百分之三十。

他有点心神不定。贺华看出来了,直截了当地说:"老赵,是不是想儿子了?"他脸腾地红了,感到嘴巴发苦,抹一把额角的汗,不好意思地站起来说:"贺书记,麻烦你给咱打听打听吧,娃咋样咧?他娘急坏了。他娘身子不好,我真怕她再急出啥病来……"

贺华扶他坐下,郑重地对他说:"老赵,我正想捎信让你来一趟,你就来了,心有灵犀嘛!这样,我已经托人打听过了,上个月,大满报名参军入伍了!"

有良心头一紧,脱口而出:"他狗崽子当兵去咧?"

贺华说:"不会有假。"

有良脸上一阵红一阵白:"他……咋个想起当兵咧?开

荒不是挺好吗？他下地肯出力，就这点像我……"

贺华道："老赵！我听说，大满留下话：男子汉，光会种地算个啥咧，上前线打鬼子，才叫过瘾！"

有良尴尬地苦笑道："对对，青年人嘛，就得有血性……这狗崽子，进步咧！进步咧！我这就回家给他娘说去……"

他爽快地笑了。笑着，笑着，不由得淌下两滴眼泪。他低头，用手背飞快地抹一下眼睛，站起来告辞："贺书记，你忙吧！我得回去咧。"贺华不再留他，也站起来，拍拍他肩膀："老赵，回去跟婆姨好好说说，不用太牵挂。不算以前，咱绥德这三年就有两千多子弟扛起了枪杆。这是很光荣的事。"

有良庄重地点点头。贺华紧紧握住他的手，动了感情，眼镜后面的眼圈红红的。有良声音嘶哑，说："贺书记，你放心，我会做好婆姨的工作的。"

有良往回赶，离村子还有不近的距离，远远看到石榴站在沟口的高坡上，在等他呢！有良镇定一下，快步走向她，老远就喊："娃他娘！可以把心放到肚子里咧！"石榴等他走到跟前，一把拉住他的胳膊，急道："贺书记咋说的？"

有良平静地告诉她："贺书记上个月去延安开会，碰巧见到了咱娃儿。娃儿长高了，更壮实了，开荒四十多亩，种上了谷子、荞麦、绿豆、南瓜、芝麻……多着呢!今年肯定大丰收!"

石榴眼里含着泪说:"真的呀?真的呀?"

有良点点头:"咱娃儿还让贺书记捎口信,说不用惦记他,他好着呢!"

石榴眼泪下来了:"娃儿没说啥时候回家看看?"

有良说:"这个嘛,他没说。不过,今年春节,狗小子总会回来吧!"

石榴说:"他要是回来,霍家那女娃要是还对咱娃有意,你当爹的可不能再拦呀!"

有良嘿嘿一笑说:"这回不拦咧。"

石榴信了。

从这天起,石榴仔仔细细纺了几团好线,拿到乡里供销社换回一块黑蓝色的布。虽然它也是粗布,但这布比一般的家织布要细、要柔。她打算做一双高帮厚底的布鞋,等娃儿回来,让他穿上过年。

石榴这时候已经识三四百个字了,她用贺书记赠给有良的自来水笔,挑会写的字给儿子写信,字迹歪歪扭扭的,个头跟红枣那么大。她又怕自来水笔的墨水用尽,不舍得多用,打算每个月写一封。有良跑到乡供销社给她买来一支铅笔,叫她用这个写,不妨多写几句。因为不清楚儿子的地址,没法子寄信,有良叫她先攒着,答应插空儿拿给贺书记,请人家贺书记想法给捎到延安去。

自上回从贺书记那里出来后,约莫过了六七个月,时间在一九四四年的农历十一月底,地里的庄稼都收割完了,该交的公粮交齐了,该入仓入囤的也都收拾利索了。这一天,有良接到贺书记捎来的口信,让他去一趟区委。第二天一大早,他给大黄牛喂上草料,太阳还没冒头,就揣上女人给儿子写的五封信(没有信皮,用红线绳扎着),沿着弯弯曲曲的山间道路,奔绥德城而去。一路上他揣测,贺书记召他去区委干啥呢,是表扬赵家沟今年超额完成生产任务吗,还是交代新任务,或者是想听听他对明年的打算?……因为拿不准,心里急,脚底下就走得急。路过山口,呼呼啦啦的北风吹得人站不稳,他竟然脑门上冒出细汗。他佝偻着腰,越过一个又一个赶路的人,不到两个时辰,就到了区委。

没想到,贺华亲自迎到大门口,把他领进办公室,支走警卫员、秘书,把屋门关上。贺书记得有好几天没刮胡子,看上去瘦了些,嘴巴周围和下巴上满是胡碴子,像没割净的草。如果摘掉眼镜,他跟一个陕北老农差不离。有良有点莫名的紧张,嘴巴不大好使唤,假装咳嗽几声,说:"贺书记,我们赵家沟,明年打算再增收百分之十……"贺华挥一下手,意思是不说这个。有良从贴身口袋里摸出那几张叠得很整齐的纸,说:"这是娃他娘写给他的信。贺书记,你啥时去延安……"贺华接过来,放在桌边。

贺华愣怔着,就是不开口。有良心里直发毛,心想,是不是赵家沟哪个工作没干好,还是他本人有啥问题?贺书记不好意思提出来,让他自个觉悟?……正傻想着,只见贺书记从抽屉里拿出一个信封——开了口的信封,缓缓推到他面前。他不知何意,捏起来,打开,抽出来一封信,展开,放到面前。上面的字他基本都不认识。本来认了快一百个字了,可一忙起来,又都忘了。以前老是想,一个种地的庄稼汉,又不写书,又不教课,识那么多字有啥用?现在看来得改改老想法了,人在世上走,不识字就是瞎子、傻子。又想,霍起家比别人都过得好,谁说不是因为他祖宗三代都识字?他把两个儿子都送到西安城里读大学,在这一带,没有第二家咧……

正这么想着呢,贺书记看出来他不识字,伸手把信纸和信封拿回自己面前,轻咳两声,终于开了口:"老赵……这是一份阵亡通知书……"

他没听明白——啥叫阵亡？愣了好一阵才悟道：呀！是死人咧！谁死咧？

他灰色的小眼珠子盯着贺华，大气不敢出，就那么紧紧地盯着。

只听贺华道："老赵，上个月，大满牺牲在山西长治抗日战场上，他很勇敢……我希望你能挺住，回去做好家属的工作，正确看待流血牺牲……"

贺书记后来还说了些啥，有良记不得了。也不知道是咋回的家，到家时天都黑透了。石榴蒸了雪白的馍，等他回来。他进了窑院，石榴迎上来问："信给贺书记了吗？"

他说："都给了。"

石榴问："贺书记没说啥时候去延安？"

他说："很快，应该下个月就过去。"

她腼腆地笑了笑："娃儿看了额写的字，笑话额吧？跟鸡爪子一样咧。"

有良陪着笑一下。那一沓信此时就揣在他怀里。儿子永远读不到他娘写给他的信了……有良喉咙里老往外冒苦水，勉强咽下半个馍，到牛圈那儿看了看大黄牛，回到窑洞倒头就睡，说跑了一天，乏了。

石榴睡熟后，他又悄悄爬起来，摸黑找了个小瓦罐，把那一沓信和阵亡通知书折叠好,塞进去,到院子里那棵老枣树下挖个深坑,把瓦罐埋下了。

一九四五年开春,霍起出人意料地宣布,他只留三十亩地耕种,另外那一百七十多亩地,从今往后,不管谁来种,他都不收租子了。别人不信,他竟当众把那一百七十多亩地的地契烧了个一干二净!这下人们不得不信了。他家原有四匹大牲口,种三十亩地用不着那么多,他卖掉了其中的三匹,只留下一头小毛驴。

霍起的这个举动令人大惑不解。自古地主老财视土地如性命,你动他的地,他敢跟你拼命。可是这个霍起,一百多亩好地,又没人逼他,他说不要就不要了!

初夏的一天,霍起吩咐婆姨李月娥亲自来喊有良,叫去他家一趟,说有要紧事。有良拴好黄牛去了。到了霍家门楼下,他不想进去。李月娥说:"你大哥叫你进屋说话哩。"有良站住不动。李月娥又说:"他病了,爬不起来。"

没办法,有良只得硬着头皮钻进霍家门洞,来到霍起睡觉的窑洞。霍起拥着被子坐在炕头,不像生大病的样子。有良进来后,霍起掀开被子,出溜两下,耷拉下腿坐到炕沿上。有良在他对面的一张红椅子上坐定,斜对着他。

霍起说："有良兄弟，额心里清楚，自打那年没帮你，迫你卖了女娃子，你就不愿再登我霍家的门咧。"有良苦笑笑，没说啥。霍起接着说："你恨也罢，反正没法子补救咧。"有良说："霍东家，咱不提这个啦。你叫我，有啥事？"

霍起道："额想说，额现在比你家的土地都少，不是地主咧！以前当个地主，荣耀得很！现在，额这个当地主的，越当越没滋味。额家二娃子来信说，他队伍上的大领导，有些家里也是大地主，人家都把地分给穷人咧！还说一个家庭要那么些地，生不带来死不带去，累赘！额听了他的。"有良咧嘴笑笑说："你家二娃子，现在啥级别？"霍起道："营教导员。"有良说："二娃子有觉悟，还是队伍上锻炼人。"霍起说："额听说，你家娃儿也当八路军咧。"

有良脑袋嗡嗡地响，额角的青筋突突直跳，不敢看霍起，脸扭向一边。霍起说："兄弟，你娃儿走了后，额家丹桂不吃不喝，差点没命，她惦记他哩！以前额家是地主，你们瞧不起额。现在呢，额不是地主咧。额跟你们一样咧……有良兄弟，你在听额说话么？"

有良一惊，回过神来，冲霍起点点头："你说，你说。"

霍起似乎动了真感情，眼角泛着泪光，停了片刻，又道："要是你家娃儿心里还有我家丹桂，咱老哥俩，就成全他俩吧!"

有良心头一阵哆嗦,想说啥,又说不出口,眼睛模糊了。

霍起双脚落地想站起来,一只脚没伸到鞋窝里,踏在了地砖上,不由得摇晃两下。有良赶紧站起来,伸手扶他一把:"你坐下,你坐下说。"

霍起听话地坐下,抓住有良的一只手:"兄弟!额今天把话撂这儿——你家娃儿当兵上阵,免不了磕磕碰碰,枪子儿不长眼,他要是挂了花,不管他还有没有胳膊腿,只要还有一口气,额家丹桂就嫁他……兄弟!你可听清了么?"

有良再也克制不住,眼泪刷刷刷地流淌下来。霍起顿时被搞糊涂了,复又站起来,扶住有良的肩:"兄弟,你咋咧?你咋咧?"自从上次从贺书记那儿归来,有良不敢想儿子的事,不敢对任何人谈儿子。今天,霍起无意间撞开了他心间的闸门,他撕心裂肺,忍不住呜呜地哭起来。

霍起以为自己说错了话,改口道:"赵主任!刚才额瞎说八道,兴许你家大满福大命大,啥事也没有呢!赵主任,有良兄弟!额家丹桂的心意,你可领?"

有良抬起袖子努力擦干净眼泪,重重叹口气,停顿了好久,才猛地跺一下脚,失声道:"大满他……人早没咧……"

霍起勃然变色,有良的眼泪又往下淌。霍起终于明白过来,紧紧抓住有良的一只手,久久无语。有良缓口气,说:"娃他娘还不知道哪……不能让她知道,要不然,她会没命的……"

等有良收了泪,霍起又低了头抹眼泪,边抹边连声道:"兄弟,额懂,额懂,你放心咧……"

日本鬼子投降的那年冬天,石榴又是大病一场。多年来石榴病病好好,人像快熬干油的灯一样,随时有熄灭的可能。有良早做好了心理上的准备,石榴自己也不避讳,每回病重,都平静地向男人交代一回后事。但以前有良总还有一点侥幸心理,认为兴许一时半会儿死不了。可是这一回病得相当严重,请来的几个郎中都说这一关过不去了。有良信了郎中的话,暗暗地准备后事。

石榴心中最牵念的自然是一双儿女。说来也怪,她对大满倒不么担心,因为在她眼里,大满在延安那边开荒种地呢!种了很多地,产了很多粮,根本吃不完,天天吃细粮,比在家享福多咧!而杏儿就不同了,杏儿离家都十年半了,丝毫无音讯,到底是死了还是活着,这都是个问题!大满和杏儿就好比放出去的一对风筝,大满这只风筝的线在娘手里牵着呢,所以她不怕;杏儿这只风筝的线,断了,所以她更揪心,更牵肠挂肚。

石榴到了弥留之际,气息奄奄,呼出来的气多,吸进去的气少。有良关上窑院的门,坐在炕边守着她,把她的寿衣拿出来,放在她枕旁,一旦咽气,马上给她换上。清醒一些的时候,她断断续续念叨几句:"大满……咋还不回啊?"有良为了安慰她,哄她说,给贺书记捎信了,请贺书记给延安那边打个电话,通知大满马上回家一趟。她催得急了,有良就说:"快咧快咧,已经在路上了。四五百里地呢,再快也得走四五天吧?"她点点头,信了。

她示意男人,把她留给一双儿女的礼物从柜子底下抽出来。给大满的是一双高帮厚底的布鞋,她精心做的,本来她打算让男人送到绥德,请贺书记给捎到延安去,又怕路上丢了,没舍得。给女儿的是她早年织好的那条红围巾。像从前一样,再一次托付道:"他爹,你记住,这条围巾,谁也别动,你给咱杏儿留好。她哪天回来了,你就给她围上。"

有良说:"你放心吧!会好好保留着。"

她又说:"你要告诉她,是当娘的对不住她……千不该万不该,咱不该卖娃儿啊……还不如让我早死咧,让娃儿好好在家待着……"

有良轻轻握住婆姨干枯的手,两行眼泪滑过粗糙的脸,像断线的珠子一样,滴落在她胸前。他呜呜咽咽道:"娃儿娘,你别说这个咧,都是我这个当爹的没本事……贺书记说过,以后就不再有卖儿卖女的事咧。杏儿她,就当是命不好……"

石榴闭上眼,昏睡过去。

半下午,有良坐在炕边打盹,突然听到外头吵吵嚷嚷的。他站起来,推开门,出窑洞,猛然看到贺书记的警卫员小黄,引领着一个姑娘进了院子,身后跟着一大群村民。有良有点发蒙,一时搞不准咋回事。人们都静下来,无人吭声。

小黄开了口,他兴冲冲地说:"赵主任!你看看谁来咧!"

太阳光明晃晃的,有良看不真切那姑娘的面孔,恍惚只觉得有一点面熟。他往前挪动两步,瞪大眼,这回看真切了,吓得他一个哆嗦——面前这姑娘,活脱脱就是石榴当年的模样!石榴当年来他家的时候,就是这样儿呀……

有良还是没弄明白:明明石榴在炕上躺着等咽气,咋又跑到外面来了?……他像根木头那样,呆呆的,傻傻的,呼吸停止了,心也不跳了。

这当儿,小黄对那姑娘说:"桃叶!这是你爹哩!快叫爹!"

这下有良终于明白过来,是他的杏儿回家来了!他顾不上别的,反身就蹿回窑洞,狂喊道:"娃他娘!是咱杏儿家来咧!真是咱杏儿,你快看她一眼……"

说来也巧。今天早饭后,贺华到城中心小广场的征兵现场转悠,看到气氛很是热烈,他很高兴。日本人投降后,国民党对边区的围困更紧了,明眼人都看出,内战是躲不过的,早晚会打。边区各地开展了轰轰烈烈的大征兵运动,绥德一带作为人口稠密地区,自然不能落后,贺华像以前抓大生产那样抓兵员征集。

他希望能够多征一些女兵。解放区人们的思想是不是真解放,从女性是否勇于从军这件事上,就能看出来。让他感到有点遗憾的是,女兵征集得不太理想,报名的少,最后真正穿上军装的更少。主要是家长普遍不积极,你动员他儿子当兵,还好说;你动员他女儿,他就往后缩。

贺华到冷冷清清的女兵报名处转了一圈,在此处负责接待工作的苏静是警备区王副司令的爱人,贺华跟苏静很熟悉,要求苏静必须保证一个月内招够一个排的女兵。他正要离开,忽然看见一位个头不高但挺壮实的姑娘急匆匆跑过来,要求报名。她看上去身体健康,没啥大毛病。苏静等人很热情地接待她,请她填个表。她说不大会写字。苏静亲自帮她填,问她姓名、年龄、家庭住址等。填完表,刚要带她去体检,这时突然跑来两个中年人,一男一女,像是一对夫妇,面相皆不善。他们上来一边骂,一边强行拖拽她。贺华想,完了,又是父母反对。共产党征兵和国民党不同,国民党一般都是强拉壮丁,共产党必须是本人自愿、家长同意,才能把人领走。

那对夫妇与那姑娘厮打起来。苏静等人赶紧拉开他们,请他们慢慢说。姑娘哭诉,他们是张庄镇的,这对夫妇并不是她亲生父母,她是被人拐卖的,五年前才来到张家。张家夫妇对她不好,轻则骂重则打,给她吃差的,天天逼她干重活。更要命的是,上月他们把她许配给李家集的一个瘸子,名叫李木修,收了李家不少钱,都让两口子抽烟喝酒玩牌糟蹋光了。李家下个月就要迎娶她,她不想过门,他们把她关在家里天天逼迫,她想了办法才逃出来。

那两口子说的又是另一套……

贺华总感觉这姑娘有点面熟,好像在哪见过。他突然想起来了,赵有良家当年不是卖掉一个女娃娃吗?会不会是这一个？看年龄差不离。他命人先稳住张家夫妇，把姑娘叫到一旁问了些情况。姑娘说，她离开亲生父母时多少记点事，隐约记得自己小时候叫杏儿，后来改了名，先是叫孙桃叶，再往后改叫朱桃叶，如今叫张桃叶。贺华心里有底了，让苏静亲自带姑娘去检查身体。不一会儿，苏静出来说，没错，她后背上，正对着背心处，确有一颗黑痣，黄豆大小。

贺华感到非常欣慰。他把张家夫妇叫来，让他们说想法。开始二人坚决要求把人带回，后来松了口，提出索要大洋一百元，因为养她五年，花费无数。贺华和二人讨价还价，最后六十块现大洋成交。贺华没那么多钱，他回到区委，找这个借，找那个借，好不容易把钱凑齐。又安排小黄，赶紧护送姑娘回赵家沟见亲爹亲娘。

石榴昏睡中听见男人呼唤她，说是杏儿回来了！她以为是梦，或者自己魂儿升了天，在天堂里碰见了女儿……她被男人拼命摇醒，艰难地睁开眼，果然看见炕前站着一个女娃儿。这不是杏儿是谁？她立时来了精神，让男人扶她坐起来。她拉着女儿的手，细细地端详她。杏儿初来乍到，有点认生，话不多，很腼腆，低眉顺眼。石榴想起啥，让男人把红围巾拿过来，她要亲手给女儿围上。女儿披上红围巾，哭了。一家三口都哭了。

石榴哭过,笑过,累了,就睡着了。

都以为杏儿回家,石榴的病会好起来。唉,还是没能好起来,她又活了三天,才咽气。这三天,她一直握着女儿的手,仿佛怕她再走掉似的。

有良请村里人帮忙,把装殓女人的薄棺材抬到自家最大的一块地里下了葬。这样他每天过来干活,就能见着她。

许是离家太久,杏儿和爹总像隔着一层啥,总感觉有点生分。她从心里恨爹娘吗?一定会的,尽管她不想承认。毕竟她后头受了那么多的罪,挨打受骂是家常便饭。让她永远难以启齿的是,她被好几个男人糟蹋过。她心里的苦,没法对任何人说。

她和爹一天到晚也说不上几句话,光知道闷头干活。她很能干,里里外外一把好手。她越是能干,有良就越是感到心里亏欠,希望她少干点,多串串门,和婶子大娘们拉拉呱。可是,除了地里、家里,她哪里也不去,赵家沟对她而言,完全是陌生的。这个家,她已经不那么留恋了。她从贺书记那里得知,哥哥大满已经牺牲,只是娘不清楚,娘至死都不清楚。贺书记坚决不同意她去当兵,嘱咐她在家好好陪父亲,好好种地,嫁一个好人家过好光景。可是,她已经种了十年的地,她从七岁就下地干活,她不想再待在村里种地。

一天早晨,有良早早爬起来准备下地,推开窑洞门,看到门口摆了个小马扎,上面有一张白纸片,压着块小石头。他感到好生奇怪,把纸片捏起来。上面写着几行红枣大小的字,歪歪斜斜的。借着晨光,他费力地辨认起来——

> 爹:我走了,找哥哥的队伍去了。请你不要难过,以后我还会回来。围巾留下,给爹做个伴吧,想我时,看着是个念想。不孝女子杏儿。

红围巾挂在了院里那棵老枣树上,在晨风中微微摆动,像一面旗。

满打满算,杏儿在家住了两个月。他心里清楚,女儿这一走,不定啥时候回来呢……他心里头木木的,满满的,心口窝堵得难受,涌出一股悲苦的滋味。不知愣了多久,他把红围巾取下来,仔细折叠好,回到屋里,放在炕角,然后关上窑洞门,走向院子一角的牛圈。大黄牛安卧在地上,静静地反刍,见主人进来,四蹄一蹬,立起来,抖动一下身体,缓缓靠近他,舔他的手背,浑浊的目光与他对视。他拍拍它的脑袋,爱抚一下它的脖颈,解下缰绳,牵上它出了院子。

到了村道上,他松开缰绳,背着手走在前头,大黄牛懂事地跟在后头。今天,地里的活计用不着大黄牛,但他还是愿意把它带去,他感到有个伴,心里敞亮些、踏实些。他在前,大黄牛在后,一人一畜,沿着曲曲折折的山路,往埋葬石榴的大田走去。

进了田,他缓步走到女人的坟前,蹲下来,拔掉几棵杂草。大黄牛跟过来,喷喷鼻子,站住不动,也不低头吃草,默默地望着他的背影。他告诉女人:娃儿大了,留不住了,杏儿走了,找咱自家的队伍去了。不过,这样也好,有个锻炼。你呢,不用担心,杏儿不会有事的……

石榴走了之后,他觉得大满牺牲的事情没必要再隐瞒了。儿子的尸骨埋在了异乡,永远回不来了!叫他到哪里找?恐怕这辈子难有机会到埋葬儿子的地方看一眼了。

他打算为儿子起一个衣冠冢。杏儿在家时,他忙这忙那,没顾上。杏儿一走,他空闲下来,觉得这件事可以做了。选了个日子,他把院里老枣树下面的那个瓦罐取出来——那里面装着石榴写给儿子的五封信和那张阵亡通知书。他又把石榴给儿子做的那双高帮厚底的布鞋找出来,把两样东西用一块红布包裹好,拿到田里。本想找几个人过来帮忙挖坑垒坟,再搞个小小的仪式。又想想算了,就不麻烦大家伙儿了,一个人悄悄地弄吧。

他在石榴的坟头前丈量一下,给儿子选个朝阳的方位,脱下棉袄,拿起铁锹起土。这时候下起了小雨,雨水落在他脸上,顺着下巴滴落,不知是雨水还是泪水。过了一会,在附近田地里劳作的人,一传三三传五,悄悄地围了上来。有良猛一抬头,看到竟有二三十个人围过来。人们都不说话,雨幕中,个个沉着脸,无声地上前,有的拍打一下他的肩,有的冲他点点头,做一个默默的安慰。然后大伙一起帮着起土。不大一会儿,一个深一米、像一张八仙桌大小的土坑起好了。村里辈分最高的赵五爷抱来了干草和麦秸,亲自下去铺在坑底,又从有良手中接过包裹,仔细安置好。赵五爷爬出土坑,指挥众人围着土坑站好,他喊着号子,人们鞠了三个躬。有良是父亲,不能给儿子鞠躬,他木呆呆地立在一旁,默然无语。

众人鞠躬完毕,赵五爷扯开喉咙唱起来——

厚厚的黄土哟,

你埋着额家的祖先呀。

厚厚的黄土哟,

你埋着额家的后生呀。

厚厚的黄土哟,

你何时把额老汉子埋呀。

亲亲的黄土哟,

你远远地铺到天边边……

赵五爷唱罢,递给有良一把铁锹。有良往坑里撒下第一锹土,赵五爷便把他拉到一旁歇息。

两袋烟的工夫,人们就把土坑填实了,然后起了个稍小一点的坟头。

有良想,以后有儿子陪伴,石榴就不会感到孤单了。

赵家沟村支部书记赵荣因病去世后,乡里让赵有良接任村书记,有良这回没有推辞。解放战争开始时,村里已经有了九名党员,那时节村里没有办公地点,他的家就成了村部。有良他们带领群众组织起自卫队、运粮队、担架队,保卫边区,支援前线。

这天,乡里的通信员小黄赶着一头骡子来到赵家沟,直接奔有良家里来。这小黄原先是贺华身边的贴身警卫,去年随贺华转入正规军,在胡宗南部队进攻延安时,被飞机丢下的炸弹炸瞎了一只眼,成了个独眼龙,不能随军作战,就转业到乡里当了通信员,时常牵一头青骡子走村串寨送这送那。

小黄把骡子拴在枣树上,挎起一个挺大的青布包袱进了窑洞。有良看见小黄进来,心里就咯噔一下,把来办事的两个人支开了。上个月小黄就送过来这样的一个青布包袱,是后沟赵七叔的儿子赵广的遗物。有良愣愣地望着小黄。小黄不说话,端起灶台上的一碗热水,咕咚咚灌下去,放下碗,抹抹嘴巴说:"霍家的。都在里面了。"他把包袱放到炕上,不再说二话,低头出窑洞,牵上青骡子往外走。有良隔着门缝看到,骡背上驮着两个同样的大包袱。

有良走到炕前,看到青布包袱上描着两个黑字:霍亮。

挨到天黑,有良才出门。他挎着包袱,尽量不与人打照面,摸黑走到霍起家门楼下,抬手拍打门板。里面问:"谁?"有良说:"我。"不一会儿,门开了一条缝。有良钻进去。霍起亲自来开的门,自从把土地分给别人后,霍起把家里的两个长工辞掉,偌大的宅子只剩下他和婆姨、女儿。人们发现,霍起的铁腰板似乎在一夜之间塌了,背明显地驼了。说起来他算是幸运的,去年底搞二次土改,他的成分确定为上中农；南边的潘家沟有两户地主,都给镇压了。有良还举荐霍起担任了乡参议员,这让他很有脸面。虽然大儿子霍明在胡宗南部队当团副,让他在乡亲们面前感觉不太光彩,但二儿子霍亮又在咱解放军队伍里。这一里一外、一白一红,算是抵消了。

霍起一脸疑惑地把有良引进客厅。他婆姨李月娥过来热情地打招呼,端茶倒水。有良拦住说:"嫂子,你别忙咧。我和大哥单独说几句话……"那婆姨把油灯的灯捻挑亮,识趣地闪出去了。

霍起定定地望着有良,说:"赵书记,你刚才叫我……大哥?"

有良说:"是咧!"

霍起眼里有了泪光,他眼睛湿了:"你有好多年没这样叫咧……"

有良这才把包袱搁在八仙桌上。霍起似乎猜到点什么,嘴唇直哆嗦。有良说:"晌午乡通信员送来的,我没敢动。你来看吧。"他把包袱往霍起面前挪了挪。霍起怕烫手一样,手直抖,好半天才解开。

包袱打开了,顶上面是一个未封口的牛皮信袋。霍起拿在手里,想了想,又放下。包袱里面,有几件旧军装、一双大半成新的布鞋、三个旧笔记本、一支钢笔、一枚军功章、两本书,还有三块银圆。就这些了。

有良不忍看,扭过脸去。

霍起颤抖着手,又拿起信封,抽出信笺,凑到油灯跟前,展开。只看一眼,他浑身猛一哆嗦,像中了枪弹似的,信纸飘落在地。有良赶紧捡起来,扫了两眼。他大致看清楚了,是一张西北野战军发出的青化砭战役阵亡将士通知书,上面写着霍亮牺牲的时间地点,以及安葬地点等字样。

这当儿,霍起抱膝蹲下,嗓子眼里挤出低沉的、压抑的一声"呜噢",随即又本能地伸手捂住嘴,捏紧腮帮子,浑身哆嗦不止。有良也蹲下来,一手搂住他,一手在他后背上轻轻拍打。

霍明和霍亮,无疑是霍家的骄傲和期望,是霍起最大的资本。哥俩相差一岁多一点,一起到乡里读的小学,接着到绥德读初中、高中,然后又被霍起送到西安读大学。民国二十五年,也就是一九三六年,哥俩受别人影响,投身政治,老大入了国民党,老二入了共产党。国民党是当权的党,老大走的算是"正途",霍起不怎么担心他;而老二走的可是"邪道",跟政府对着干,搞不好要杀头的!霍起非常担心老二。红军来到陕北后,听说他投身红军,驻扎在洛川,婆姨在家跟霍起哭闹,叫他无论如何跑一趟洛川,想办法把儿子拽回家来。霍起去了,但是没有用,霍亮不听他的,怎么劝也没用。后来日本人打进来,霍亮跟着八路军一二九师去了山西,一年半载的给家写一封信,报个平安。他没战死在抗日战场上。日本投降时,只知道他当上了团政治处主任。前些日子听说解放军在延安附近的青化砭打了大胜仗,没想到霍亮却再也回不来家了……

霍起压抑着哭声,上气不接下气。有良搀住他,怕他一头撞到桌子腿上,失声劝慰道:"大哥,我家大满没了,你家霍亮没了,咱都是一个命……我都挺过来了,你也要挺过来啊!"

霍起不说话,也不点头,只知道抽泣,像要噎死一样,喉咙里发出奇怪的声音。

有良又劝道:"说实在话,哪个当爹的也不想让儿子上战场。可是他们自个不回头,非要去,咱只好认了。孩子不是孬种,咱脸面上应该感到光彩!大哥,我说得对吧?"

霍起清醒了一些,点点头,眼泪鼻涕抹了有良一袖子,说:"兄弟,先别让乡亲们和你嫂子知道。我慢慢给婆姨说,让她有个缓冲,不然她会疯的。"

有良说:"大哥,我想好了,等你们心里好受些,咱村里出面,好好给霍亮搞个安葬仪式。

半个月后,赵家沟举行了有史以来最隆重的一个葬礼,村里几乎所有人都来了。霍亮的衣冠冢前,摆满了野花和松枝做成的土花圈。

从西北野战军二打榆林开始,区里动员全区群众积极大力支前,有钱出钱,有力出力,有粮出粮,有人出人。赵有良带领赵家沟四十多人的支前队伍,跟着主力行动,主力打到哪里,他们就把物资运到哪里。

两次打榆林,都没打下来。撤退途中,主攻榆林的纵队司令员遇到赵有良。他们是老相识了,那年他们都作为劳模在延安接受过毛主席和朱总司令接见。看到一身泥土、风尘仆仆的赵有良带头抬担架,司令员很感动,下了马打招呼。身边没啥礼物可送,司令员就把自己的佩枪从腰上解下来,送给有良,请他收好,做防身之用。有良也不客气,痛快地收下了。

不久,大军要攻打宜川,有良继续带支前队伍跟进。出发前,他把家里所有的粮食都带上了。霍起劝他留一点,他说:"不用。等回来去你家吃。"霍起也想跟随前往,有良劝下了他,因为自从霍亮牺牲后,他婆姨李月娥身体一直不好,需要有人照料。霍起把家里的粮仓全打开,让运粮队随便装载;还说村里谁家缺粮,尽管来取。这下人们才知道,霍家的存粮真多,两个窑洞是满的,另有一个地窖也是满腾腾的,有些还生了虫、发了霉。霍起一脸羞愧地对有良说:"兄弟,我还是太自私咧,以前交公粮,交出的都是质量差的,好粮都留下咧。村里每年都有人拉饥荒,我没舍得救济一下……我家二娃子在西安读书时候,劝过我,说一家子人,一年吃不了多少粮,花不了多少钱,多余的都是无用的,应该帮助别人。我咋就没听进去呢?兄弟我太自私咧……"说到霍亮,霍起不由又抹起眼泪。有良说:"霍大哥!谁没自私过?这不算啥。现在你不是把粮仓打开了么?我们尽量往前线运。"霍起说:"好!牲口不够用,把我家这头毛驴也牵上。"

有良把自家大黄牛牵上了,没有带走霍家的毛驴。霍起年纪渐大,以后种地,就靠这头毛驴,有良不忍带走它。

有良带四十多人的队伍风餐露宿赶到宜川城外四十里的杨寨子,把粮食卸下。然后等待战役打响,再把运粮队全部转为担架队。听说贺华担任政委的独立旅就在附近待命,他打听着去找。解放战争打响后,贺华离开地方,到野战部队任职,有良掐指一算,有两年半没见贺书记了,还真想念他呢!

有良摸到独立旅旅部所在的村庄时,碰巧贺华不在,到前沿阵地检查去了。有良看时间还早,就留下来等他。等人的过程,他听到里屋一个大嗓门打电话,吼叫道:"……你只要保证我的兵每人吃上二两肉,老子就敢保证独立旅率先打进宜川城……"

能听出来,他们在电话里为二两肉打嘴仗。有良又等了一会,不打算等了,跟招呼他的群工干事告辞,回到杨寨子。这时天已经黑下来。他无心吃饭,在拴牲口的棚子外面转圈。他转呀转呀,一直转悠到九点多钟,熄灯的号声隐约传来,他不想再等了,命令自己,下狠心吧!

他走进玉米秸围成的牲口棚子。大黄牛趴在地上反刍,见他进来,四蹄一撑立起来,像往常那样伸出温暖的舌头舔他的手背。大黄牛与他的命运紧紧相连,它是他荣耀的见证。婆姨、儿子死去,女儿离家之后,它成为他唯一的、最亲近的伴儿。可是现在,他却不得不做一件狠心的事……他不敢往下想了,害怕自己会改变主意。他从裤腰里拔出短枪,打开保险,推弹上膛,枪口抵准它的心口窝,一闭眼睛,食指一动,一声尖利而沉闷的枪响,划破了夜空……

赵家沟支前队伍里的四头毛驴、三头骡子，都在这天夜里倒下了。

十天后，宜川战役结束，听说打掉了胡宗南的主力整编第二十九军，有三万人，姓刘的军长也被击毙，堪称西北战场上的大捷！可是，有良却听到一个惊人的噩耗——独立旅政委贺华被冷枪打中牺牲！

有良死也不敢相信！直到在城北的一片荒滩上找到贺华的新坟，他才不得不面对残酷的现实。眼前这片荒滩上，一排排一溜溜，得有几百座新坟，有的连个简易的墓碑都没有，这就是无名英雄了。贺华的坟头前，插着一块新剖的柳木板，上面用黑漆写着他的名字和生卒年月。有良鞠了三个躬，泪水止不住地流淌下来，滚落到脚下的黄土堆上。他回忆起跟贺华交往的点点滴滴，深感贺华是他的引路人：没有贺华，他就是个普通的庄稼汉，就跟脚下的任何一块黄土疙瘩一样；正是因为贺华，他才成为赵家沟的带头人，领着大伙干出了一番事情……

这时是1948年的开春时节，天低雁叫，夕阳如血，乌云翻滚，草木瑟瑟。有良蹲在坟前，抹干净眼泪，默默地跟贺华拉呱儿。他告诉贺华，自从共产党来了，赵家沟没再有过卖儿卖女的事，这几年人人都能填饱肚皮，村里的二流子都改造好了,现在全村没一个闲人,家家都抢着拥军支前;去年公粮交得多些,今年开春日子会困难一点,相信夏天以后,一切都会好起来。他还说,贺政委,多亏你,我家婆姨走之前见到了她日思夜想的女儿,她是含笑上路的。婆姨去世没多久,女儿也到咱队伍上去了,她愿意走她哥哥走过的路。上个月给我来信,报了平安,说她在野战医院当了护士,一旦全国解放,她就回来看我。另外,我听了你的话,学了点文化,现在能识五六百个字了,你送我的笔,天天在我口袋里揣着呢……

说着说着,有良的泪水又滚落下来……

几场大仗打过,边区便清静下来,胡宗南的人马不知跑啥地方去了。赵家沟的支前队不用再东奔西跑,人们回到土地上,村子重新热闹起来。

霍起惦记大儿子霍明。二儿子霍亮牺牲后,霍起跟着荣耀了一回,赢得了乡里乡亲的尊重。但是霍明还在国军那边,据说当了上校团长。他成为霍起的最大一块心病。

这天,区里来人找赵有良,说是霍明所部驻防在宝鸡附近的扶风县,想请他出面做做霍起的工作,让霍起想办法说通儿子,争取使霍明弃暗投明,来他个战场起义。

有良马上去找霍起。霍起道:"兄弟,你不来,我正要找你呢!我早就想劝劝老大,甭跟胡儿子(胡宗南)干了,回头跟共产党干!"当下两人商议,由霍起给霍明写一封信,把态度挑明。霍起打算把信寄到扶风。有良请示上级,上级认为不妥;为稳妥安全起见,组织决定将信交给胡宗南部队里的中共地下党组织,由组织转交给霍明。

亲笔信被人取走后,霍起日夜盼望有消息传回来。有良也跟着干着急。盼啊盼啊,终于盼来了——乡通信员小黄又来了!不怕天不怕地,就怕独眼龙进村子!眼见那头鬼魂似的青骡子驮着三只包袱径直进了赵家沟,直奔有良家。小黄连屋子都不进,卸下一只包袱,放到碾子上,拍屁股就走人,一句话也不说。

有良头皮一阵阵发麻,一咬牙,把包袱提溜进屋子。关上门,打开一看,是霍明的遗物!里面照例附一张阵亡通知书!可是,霍明咋死的呢?没有说明!

有良感觉这样子没法跟霍起交代,锁上院门就奔区委去了。把区委翟书记从会议室里拽出来,逼着他给打听清楚,而且要快。翟书记赶紧安排人联系第一野战军敌工部,两天后回了话——

我地下党的人把霍起的亲笔信转给霍明后,经过一番工作,霍明同意战场起义。扶眉战役打响后,都认为时机到了。霍明打算多带点人出来,结果稍一耽搁,不慎事情败露,霍明没有走脱,被敌杀害。鉴于霍明已有弃暗投明的具体行为,并且动摇了敌人的一条防线,我党组织决定追认霍明为革命烈士。

有良把村里的几个党员和老人叫上,一起到霍家做工作。霍起已有预感,支开婆姨。听有良把情况一说,他"呜噢"一声,当即闭过气去。人们好一阵忙碌,掐人中,灌热水,把霍起叫醒。醒来后,他久久沉默不语,最后只说了一句:"先甭让我婆姨知道,我慢慢给她说。"

霍起没哭。人们却都哭了。

又过了一个多月,也许是两个月,小黄又来了,青骡子背上驮着一只包袱。他直奔有良家,乌青着脸,进了屋子,把包袱放到炕上,拍拍有良的肩膀,出去了。

有良愣愣的,傻傻的,半天才回过神来,不敢去碰包袱。又过了好久,天快要黑了,他终于打开了它。

这是第一野战军从兰州发出的阵亡将士通知书。惨烈的兰州战役,共有将近九千人牺牲,其中包括赵有良的女儿赵杏儿。她是到第一线抢救伤员时,被炮弹击中的,当场死亡。遗体掩埋于兰州城东十五里的小店子。

杏儿的遗物里面,有一张她穿军装的照片,她扎两条齐肩的短辫,戴着军帽,脑袋调皮地歪向一边,小嘴微微张着,一双明亮的眼睛望着你。有良久久端详着这张小小的照片,然后把它紧紧贴在胸口上。天黑透了,风在吼,天上的星星眨巴着眼睛,放出明亮的光。有良朦朦胧胧感觉到,他亲爱的女儿回家来了⋯⋯

过了没几天,那小黄又来到赵家沟。这回他没牵骡子,没带包袱,一个人空着手来的,吹着口哨。进了有良家院子,笑眯眯地掏出一个信封。有良接过来,只瞄了一眼,一股暖流顿时涌向心头⋯⋯

动身的前一天下午,有良洗净了脸,刮了胡须,换上一身新衣,戴上一顶新帽,独自走进自家那块大田里。他面前有三座坟头,后头那座大一点的,埋着石榴;前面靠西边那个旧坟头,埋着儿子大满的遗物;靠东边那个新坟,是杏儿的衣冠冢。

前些日子为杏儿起坟时,他特意把那条红围巾放了进去。赵五爷和霍起都劝他,最好留下,以后想孩子了,瞅一眼也是个念想。有良还是决定埋了它,就让它陪伴杏儿吧!本来就是她娘为她织的。有良仅仅把杏儿那张照片留下了,此刻就放在他贴身的口袋里。

他趋前几步,把小黄上回送来的那个信袋拿出来,告诉娘儿仨,这是毛主席亲笔签发的请柬,特邀请他到北平参加开国大典。他说,咱家祖祖辈辈都是穷受苦人,除了共产党,天底下没有人瞧得起咱;祖祖辈辈,到了我这一辈,咱一家才活得像个人样。他说,这次去北平,我不是一个人去,是代表咱赵家沟、代表咱绥德、代表咱陕北的父老乡亲们,也代表像大满、杏儿、霍家兄弟那样的万千烈士;到了那儿,我会替你们多看一眼……

他在坟前待了很久,直到太阳落山了,才往家走,耳边一直回荡着那首抓心抓肝的歌谣——

> 厚厚的黄土哟,
> 你埋着我家的祖先呀。
> 厚厚的黄土哟,
> 你埋着我家的后生呀。
> 厚厚的黄土哟,
> 你何时把我老汉子埋呀。
> 亲亲的黄土哟,
> 你吞下了血,你咽下了泪。
> 山丹丹儿花开,开遍了那个山坡坡。

亲亲的黄土哟……

我亲亲的黄土哟……

第二天一早,有良动身。那一天是1949年的9月22日。按照上级安排,他先步行到绥德,然后坐汽车到西安,再转火车赴北平。那时候北平还不叫北京,改叫北京是几天之后的事情。他不想打搅乡亲们,鸡叫二遍就起床了。啃了个馍,简单收拾一下,背上小包袱,悄悄出了窑院的门。

一出门,透过晨光,他蓦然看到,外面已经聚了不少人,都是来为他送行的。人们有的站在自家院子门口,有的站在山前高坡上,有的站在道路边。沟沟畔畔上,都站上了人。他看到霍起和他的婆姨,相搀着冲他招手;辈分最高的赵五爷挂着拐棍,也出门了……老人、年轻人、孩子……人越聚越多,纷纷冲他挥手告别。他就在人们期盼的目光中,迎着晨曦,向远方走去。

我陪同那位编剧在绥德、在赵家沟采访了一周时间,县委宣传部的人也很配合。编剧搜集了不少素材,对写好剧本有了更充分的信心。说实在的,赵有良虽然是我亲祖父,但我对他的了解其实不如县委宣传部那位搞新闻报道的年轻干事小李。小李说起赵有良,一套一套的,能讲好多故事。

新中国成立后赵有良一直没离开赵家沟,长期担任村里的支部书记,直到七十多岁,实在干不动了,才把担子卸下来。一九五〇年,由县领导出面做媒,把潘家沟的妇女主任潘秀莲介绍给他。潘秀莲的男人参加了八路军,走后杳无音讯,十有八九当了无名烈士。潘秀莲与赵有良只生下一个娃——我的父亲赵二满。

祖父一生热爱劳动。二十世纪七十年代,组织上安排他到北戴河疗养过一回,他帮人家淘厕所、扫院子,疗养院的人都把他当成了雇来的临时工。八十岁的时候,他还能种一亩菜地,自家吃不了的菜都送到村里小学。人们劝他休息,他最爱说一句话:"死不了总得干活才行。"

我父亲长大后,祖父非常想把他留在乡下。父亲不爱种地,自己发奋学习,一九六五年,十四岁的他考上了西安的技工学校。赶上"文化大革命",他不喜欢祖父给他起的名字,乘机改名为赵卫东。

祖父与祖母在二十世纪末先后去世,死后都埋进祖坟。采访期间,我带编剧去了一趟我家祖坟。这地方我只来过三次——祖父、祖母去世时,我陪父母来过;第三回是大前年,父亲突然要我陪他回来看看,他身体不太好。来祖坟祭奠时,他出人意料地向我提出,死后也要葬回这里!而他以前对赵家沟曾经是那么不屑。

可见人的想法,是难以捉摸的,是会变的。

赵家沟现任支部书记赵奎领着我和编剧开车抄近路,来到我家祖坟所在的地块。它已经成为别人家的土地,种上了苹果。我把带来的一瓶西凤酒打开,洒到祖父、前祖母、祖母的墓碑上一些——他们三人是分开葬的。另外还往大伯和姑姑的衣冠冢上洒了一点。我脚下站立的地方,就是父亲为自己选定的身后埋葬处。而再往后一点,如果将来我想回来的话,那地儿就是为我预留的。

远处,有人扯开嗓子,又吼起那首我渐渐熟悉的《亲亲的黄土》——

> 亲亲的黄土哟,
> 你吞下了血,你咽下了泪。
> 山丹丹儿花开,开遍了那个山坡坡。
> 亲亲的黄土哟……
> 我亲亲的黄土哟……

我们就在这哭也似的歌声中,离开我家祖坟,走向停在坡底下的小汽车。

附记:

有关我祖父的电影,最终没有做成。编剧给我讲,原因主要是投资方意见不一,有的愿意,有的不愿意。不愿意的理由无非是票房无保障。现在的观众,谁还有兴趣看这样的电影呢?时代毕竟不同了,你投几千万,最后血本无归,傻子才干这样的事。

编剧给我解释半天。我非常非常理解。说实在的,我也不愿意看这样的电影。你写一个陕北老汉,不如写一个陕北妹子。

这事很快就过去了。我的生活还是老样子。过了一段时间,因为不再联系,我索性把编剧的微信拉黑了。

暗 香

绵绵细雨下了一天一夜,到天明时逐渐停歇,林子里升腾起团团雾气,只能看清面前巴掌大的一片地方。浑身湿透,冷气浸入人的骨髓,牙齿一个劲地打战,我一夜没怎么合眼,索性背靠一棵大树坐着等待天明。近处不时传来石鸡、松鼠或者其他小动物弄出的动静和偶尔一两声远处传来的枪声,让人心里不由得一个激灵。

隔着几棵树,能听到树枝、树棍草草搭成的一个小屋里传出轻轻的说话声。

"昨晚,我们支队少了八个。"是第一支队队长的声音。

"我们少了六个。"二支队队长咕哝道。

"我们支队跑了四个。"三支队队长跟着骂了一句娘。

……

接着,陆克明小声讲着什么,伴随着别人的唉声叹气。他的音量越来越大,越来越激昂,他在为大家鼓劲。我觉得自己不该听,就轻轻地往远处挪了挪。

是的,自从主力红军撤离之后,我们这些老弱病残突围到闽赣边的大山里,整天东躲西藏,疲于奔命。几个月过去,游击队由原先的五百多人锐减到三百多人,部分因为伤病减员,还有一部分"失踪"了。游击队负责人陆克明的脸子越来越不好看。

到半上午时,雾气才渐渐消散,热气回到身上。炊事班做的野菜汤里面,红米粒少得可怜,喝下两大碗,不出一个钟头,肚子就开始咕咕叫唤。我拖着沉重的双腿在林子里转悠,想采几个还没烂掉的野果充饥。

有人把一个野菜团子递给我,是陆克明。我不想要首长的食物,就愣了愣。他不由分说,硬塞到我手里。这段时间,我觉得他盯我很紧,不论我走到哪,都感觉后背上有双眼睛,让我又气又急。

去年秋天刚钻进大茅山时,游击队有九个女兵,人称九朵金花。几个月过去,那八个慢慢地都不见了——病死三个,掉下悬崖摔死一个,重伤不治牺牲两个;还有两个,一个被父母上山来强拖走了,一个自己跑了,无影无踪。

只剩下我一个。

陆克明担心我哪天也会"失踪"。在他眼里,我仿佛是游击队的"招牌",是个标志性的人物,没了我,对全队的士气可能就是一个沉重打击。所以,我感觉他一直在死死地盯着我。

山上只有我一个女的,生活、行动很不方便,连个说悄悄话的人都没有。先前我是很活跃的,近来变得沉默了,一天说不了几句话。说实在的,条件艰苦,我倒不怕,主要是害怕孤单。

这天,陆克明和蔼地对我说:"小杨,有啥困难,你可要直说呀!"

我笑笑,冷不丁冒出一句:"……司令员,我想找个伴儿……"

陆克明一愣。

话一出口,我又有点后悔。这个时候,敌人天天围山、搜山,"铲共团"到处抓人杀人,谁还敢参加游击队呢?尤其想寻个女孩上山来,那可真是太难了!

没想到陆克明眼睛一亮,双手轻轻一拍说:"小杨,这倒是个好主意呢……咱们都想想,目标在哪里?"

过后有半个多月,一直没啥动静。也许他说过就忘了。

但是我没忘。我想呀想呀,没个头绪,脑壳子疼。这天,队伍转移到燕儿峰,下山往东北方向走四十里就是我老家罗田坝,脑子一转悠,我突然想起一个人来。

这个人叫石雪梅,也是个客家女。若论起来,她还是我前未婚夫的堂妹呢,比我小一岁,今年还不到十八。

唉,说来话长。我八岁那年,爹爹上山采药被山洪冲走,体弱多病的娘养不活我,把我卖到罗田坝镇街上的石顺奎家当童养媳,换回五升谷米。石顺奎和他弟弟石顺峰一个做药材生意,一个做山货生意,兄弟俩宅院相连,在罗田坝算得上富足人家,名声也不赖。石雪梅是石顺峰的小女儿。我在夫家待了八年,和小雪梅相处得挺好,算是一对亲密的玩伴,她叫我莲姐,我叫她小梅。她性格开朗,爱说爱笑,有时像个男孩子一样顽皮,非常好处。她爹爹石顺峰比较开通,几个孩子都让上学堂,小梅前年到南屏县中学读书,在罗田坝还引发过不小的轰动呢!

我寻个机会,把想法告诉了陆克明。他点点头,笑一下,说:"巧了,我也想到了她。"

原来,三年前陆克明在南屏中学教书时,石雪梅就是他班里的学生。他在那里发展了二十多名党员,后来全部跟他去了中央苏区;他曾经考虑过把石雪梅带往苏区,没有成。

陆克明向我透露,他已秘密安排内线到县中学和罗田坝打探过石雪梅的近况,她正准备休学;南屏县"铲共团"头子余国富看上她了,要娶她做小老婆。她不同意,但她父亲不敢得罪姓余的,口头上已允诺了这门亲事。

"眼下不正是个好时机嘛!"陆克明边说边用力劈了一下手臂。

五天后,逢南屏县东关圩日,我和陆克明的警卫员陈二冬化装成一对小夫妻,天不亮就迂回下山,背上竹筐步行五十多里去县城赶圩。我的筐里有四只石鸡,陈二冬背着一筐山货,途中经过两处敌人的卡口,送出两只石鸡后顺利通过。我们进了县城,瞅准时机,把石雪梅从县中学叫出来。

在一个背人处,我摘下包着半边脸的蓝粗布头巾,叫了声"小梅",把鬼女子吓了一跳。两年不见,我的面貌变化挺大。我想她一定知道我现在的身份。

听我把情况一说,她收起笑容,皱起眉头,露出两颗细白的牙齿,用力咬住嘴唇半天没吭声。她知道,跟我们上山可不是闹着玩的,是要冒很大风险的,弄不好还会牵连全家。见我劝不动她,陈二冬从筐底拽出一把干树叶,层层揭开,里面夹有一张纸片,那是陆克明写给她的几句话。

当她知道陆先生就在山上时,她表情立刻松弛了些,答应考虑一下。如果同意,她会先回一趟家,收拾一下东西,六天后,逢罗田坝圩日,她会在镇子西边路口处的一棵大榕树下等我们;如果到了十点钟,还没见她的影子,就不要等她了。

回到山上,我提心吊胆地度过每一天,生怕出什么差错。还好,六天后的傍晚,陈二冬带人簇拥着石雪梅来到了我们的秘密营地。一见到她,我立刻激动得跳了起来,好像还流了眼泪。想到以后我们要一起生活、战斗,我浑身是劲,拉着她的手久久不愿松开。陆克明也特别高兴,破例给炊事班下令,做了一锅石鸡汤,还有一大锅红米饭,司令部全体人员像过大年一样吃了个肚儿圆。小梅把带来的一包糖果发给大家。有的战士说,长这么大,第一次吃到这么甜的糖块。他们不舍得一下吃完,咬下半块,留着过会儿再享用。

小梅给家里留下一封信,说是不同意那门亲事,要跑去南昌做工,请爹娘千万不要去找她。后来,她爹爹还是听到了什么风声,到处宣布和她断绝父女关系。他认为或许这样就能够保护家人。

从此,大茅山游击队多了一位女战士。

石雪梅刚到时,没有军装给她穿,她仍然穿着带来的衣服——蓝布大面襟上衣、绣边宽带围腰裙。她把头发剪短了,头上照样缠着尖顶的头帕。一身客家妹子打扮的她,在一群穿灰衣的战士中间,是那样地显眼。

她可不是一般的女兵。她有文化,人又漂亮,能歌能舞,还会做针线活,心灵手巧。游击队就多了她一个人,感觉立马不一样。她教战士们识字学文化,给大伙唱山歌、跳客家舞。她的歌喉,把林间百灵鸟的叫声都比了下去;她的舞姿,让那些在枝杈间蹿来跳去的松鼠羞得藏了起来。无论她走到哪里,战士们都会把最热烈的掌声献给她。

没过多久,又陆续加入进来六位游击女战士。陆克明把我们八个女兵编成一个班,我当班长,雪梅当副班长。大茅山游击队一改前期低迷的态势,人们不再觉得艰苦的生活无法忍受,也很少再有人逃亡。

可是渐渐地,我发现雪梅性子有点野,喜欢做出格的事,而且劝她也没有用,她压根不听。有一天晚上,我发现她在陆克明的帐篷里待到很晚才出来,便委婉地提醒她,注意影响,别让人说闲话。她咯咯一笑,说:"陆司令员是我的老师。学生向老师请教问题,有何不可?"

堵得我没法接话。

这天,林子里很静,她一个人躲到一旁,拿根树枝在一片空白地上写字。我悄悄凑过去,看见满地的"爱"字。见我过来,她嘻嘻一笑,说:"莲姐,你和堂哥有过爱吗?"

我的脸腾地红了……我虽然做了石家八年童养媳,却和名义上的男人石玉泉连手都没拉过,更不可能做别的事。她歪头望着我,瞳仁亮晶晶的,咯咯咯又笑起来,说:"莲姐你脸红个啥呀?爱就爱过,没爱就没爱。"

我嗔怪道:"鬼女子,以后少在人前说这个字,羞死了……"

她突然收起笑,咬着嘴皮子,脸微微一红,脑袋一摆说:"莲姐,告诉你吧,我……恋爱了。"

"啊?"我吓了一跳,"……跟谁?"

"你猜猜嘛。"她故意卖起关子。

其实我已经想到是谁,但是心里不愿意承认,便摇摇头,无力地说:"我猜不着,你也别瞎说……"

"才不是瞎说呢……告诉你——陆克明!"

她再一次咯咯咯地笑起来,腰肢乱颤,眼含泪花。

看来是真的!我心里顿时一沉,转过头去,定定神,过了半天,才拉下脸子说:"小梅,绝对不可以……我既是班长,还算是你姐,我要正告你,你、你太放肆了!谁都知道,人家陆克明老家有老婆,你想拆散人家的婚姻吗?组织上决不会允许的!"

她一听,有点急,眼角滚下两串泪珠,喘着粗气说:"莲姐,你知道吗?陆克明他爸怕他出来惹事,为了拴住他,硬给他讨了个家里有钱人也漂亮的老婆。可是他并不爱她!他一直很痛苦……现在,我爱他,他也爱我,我们俩为什么就不能走到一起呢?"

我叹口气,不知该怎么回答她,许久才讷讷道:"他有老婆,这是事实,你们不能乱来。"

"闹革命!闹革命!不就是为了自由吗?既然他不爱,还不许人家离婚?难道天下真没有讲理的地方吗?……"

她气咻咻的,话没说完,赌气走了。

一九三五年冬,在大茅山西麓玉龙峰下的一个山洞里,陆克明和石雪梅举办了简朴的婚礼。炊事班搞来了米酒,炖了石鸡汤,煮了野猪肉,还有形形色色的野菜、杂粮。特委书记庄子浩同志特地从一个秘密驻地赶过来庆贺。

而那一天,我这个姐姐却不在场。我要求下山执行任务,一大早就离开了,到一个秘密联络点送信。

时值严冬,薄雾弥漫,寒气逼人,山林间百花凋零,却偶尔能看到盛开的梅花,一株、两株……飘来缕缕幽香。路上我有点后悔——忘了给小梅送件礼物——这寒风中盛开的梅花,采一枝送给她,多好!

据说,那天陆克明把亲手采集来的一束最鲜艳的梅花,献给了石雪梅。当着众人的面,他还朗诵了一首王安石咏梅花的诗句——

  墙角数枝梅,
  凌寒独自开。
  遥知不是雪,
  为有暗香来。

走着走着,我不知不觉流下眼泪。在婆家的八年,说实话,人家待我还算不错,能够填饱肚皮,也没怎么挨打受骂,比别家的童养媳要强出不少。如果不出意外,我这辈子就是石家的人了。谁能想到,那石玉泉十四岁时,突然偷偷地吸上了烟土,时常把家里值钱的东西拿去卖掉不说,眼见着身体垮了、废了。公婆打算在我满十六时给我们圆房,我不得不听从命运的摆布。可就在这时候,一支"扩红"宣传队来到罗田坝,刷标语、呼口号、敲锣鼓。我动了心。一个打雷下雨的晚上,趁婆婆睡得死,我把连接她和我手腕的绳子咬断,溜出睡房,翻墙而出,找到宣传队的人,当晚跟人家跑了。后来辗转到达瑞金。去年十月,主力红军转移前,在中央红色医院做护工的我不巧患上疟疾,高烧不退,死活不知,队伍无法带我走。我护理的一个伤号对我说,小杨,如果你想回家,我可以派人送你。我坚决不干,因为罗田坝的家,我已经回不去,就是死,也要死在外头。他又说,那好吧,跟我走吧。他是三军团的一个副师长,因为腿伤严重,无法跟随主力转移。

他就是陆克明。

突围进入大茅山后,我的病好了,他的腿伤也好了。作为游击队负责人,他给了我很多照料,使我能够活下来。虽然隐隐对他有好感,但我不能够说出口,更不敢往下想。在心里,我只能把他当成父兄。如今,他和石雪梅成为夫妻,两个人更般配、更美好……

我一边行走,一边默默送上我真诚的祝福,祝愿他们白头偕老,子孙兴旺。

第二年夏天,雪梅生下一个男娃儿。由于营养不足,孩子早产,坠地时还不到四斤重,连哭声都很弱。陆克明给孩子取小名毛毛。这时候,正是南方游击战争最艰苦的岁月,敌军连续几个月不停歇地封锁、搜山、进剿,游击队严重缺乏战斗力,只能尽量避战,在大山里躲来躲去,没有给养、没有后方,疲惫不堪,每一天都面临着生与死。大人都有一种坚持不下去的感觉,何况一个刚出生的孩子。

一天,陆克明对愁眉苦脸的雪梅说:"唉,毛毛来得真不是时候啊……"

雪梅知道他动了把孩子送人的想法,故意不接他的话。

几天之后的黎明时分,一支敌兵翻过几道山崖,前来偷袭游击队的临时营地,陆克明指挥队伍紧急转移。慌乱之中,雪梅抱着毛毛,走不快,落在了后面。等到队伍稳定下来,才发现她不见了。这可急坏了大伙。敌兵撤出后,陆克明亲自带人回去寻找。到了半夜,还是不见人影,都以为她遇难,或者被敌人捕获了。

我们几个女兵忍不住哭起来。

就在这时,隐隐听到有小孩子的哭声,声音嘶哑,像一只受伤的小兽。大伙一惊,急忙循声跑过去。

在山间的一道飞瀑下面,月光下,杂乱的树丛里,有个小东西蠕动着。天呐,毛毛还活着!陆克明抢先一步上前抱孩子。还没等他抱稳,草丛里伸出一双手把孩子夺了过去……

是石雪梅。我们都禁不住欢呼起来。

原来她刚才饿晕过去了……昏迷中,她梦见自己用乳头堵住毛毛的小嘴,把孩子生生给憋死了……婴儿的哭声在敌兵搜山的时候,是最要命的。当时她真想一狠心把毛毛憋死算了,幸亏灵机一动,抱着孩子来到这道飞瀑底下,让瀑布轰轰的落水声掩盖住孩子的啼哭声……

经历过这次遇险,雪梅终于想通了,同意把毛毛送人。孩子四个多月了,自打出生起就没穿过衣服,平时都是用破布烂毡包裹着。雪梅想给孩子做件像样的小衣服,可是没有一块像样的布。在敌人严密的封锁下,山里日用品奇缺,队伍有一个多月都没吃到盐了,到哪里去弄块布?雪梅合计脱下自己身上那件唯一还像点样的军装上衣,剪裁一下做套小衣服。我不同意。争来争去,最后我们每个女兵从自己军衣上各裁下一小块好点的布,拼凑起来,好歹为毛毛缝了一身合体的小衣裳。

费了好大劲,才在南山坳找到一户人家收养孩子。这家人姓霍,常年上山挖药材,家里条件尚可,有一只正在产奶的山羊。这是能够救命的。霍家已经有了两个女娃,所以才愿意领养一个男娃儿。霍家主人霍成拍胸脯保证把孩子养大,但也提出一个条件:孩子以后永远留在霍家,不得再回到生父生母身边;口说无凭,立字为据。

　　面对这个苛刻的条件,大伙都觉得不可接受。陆克明也很为难,因为队伍马上又要转移,下一步还不知道要去哪。他犹豫不决。这时,雪梅站出来,说:"娃儿不送走,恐怕很难活下来……字据我来立,只要这家人能把娃儿养大,随他去吧!等革命成功了,我再生一个。不,生两个、三个……"

　　她勉强笑笑,像是安慰别人,又像是安慰自己。

　　送走毛毛,有一阵子,雪梅脸上没了笑容,面色苍白,不再唱歌,话也少了,像失了魂儿。转过年,她才慢慢调整过来,脸上泅出了笑意,营地里也重新荡漾起她那好听的歌声。大伙都说,瞧,石雪梅把魂儿找回来了!

　　阳春三月,林中现出盎然生机,早开的花儿迎风怒放,花香扑鼻。但是人们没有心情欣赏眼前的美景,因为形势陡然吃紧。本来西安事变之后,局势应该缓和下来的,但北方形势确实明显好转,南方却相反,敌人想抓紧时间一举清除南方八省的游击队,于是大大加强了进剿力度。我们每天都在大山里与敌兵周旋,能躲就躲,实在躲不开就打一仗。

　　这天,游击队遭到敌一个保安团的冲击,混乱中,三支队与大部队失去联系,最后翻山越岭,深入到了赣南。陆克明认为,如果不尽快找回三支队,这支队伍就有散掉的危险。情况十分危急,他决定亲自去一趟,把三支队带回来。因为要穿过数条封锁线,目标越小越好,他只带了三名护兵。

临走前,陆克明对雪梅说:"等我回来,我们一块去看儿子。"

雪梅微笑着目送他们消失在山那边。

大约七天之后,等来的不是陆克明,而是一个噩耗——下山途中,在蔡家坑附近,他们被敌人的搜山队重重围住,一场恶战,四人全部遇难。很多人知道了这个噩耗,石雪梅是最后一个知道的,因为没人忍心告诉她,谁见了她都躲。我却躲不过,哭着告诉了她。

她呆愣了许久,铁青着脸,牙齿把嘴唇咬出了血,呜咽道:"莲姐呀,我不信。老陆他不会死……"

我抹抹泪说:"小梅,我也不信。"

又过了几天,特委书记庄子浩同志来了,他带来了一小捆月白色的洋布,说是山下交通站的同志让捎来的。陆克明下山后买了这块布,一直寄放在那里,说是回程时带回山给儿子裁件新衣服。

雪梅哆嗦着不敢接。我替她接了过来。

庄书记语气沉痛地说:"陆克明同志和三名护兵确实都牺牲了,四颗头颅挂在赣州南门城头的铁笼子里示众,报纸都登载了。石雪梅同志,无论如何,你都得挺住。"

只听她哇的一声哭出来,哭声撕心裂肺。我上前一步紧紧抱住她。她呜咽了一阵,在我怀里说:"庄书记,我能挺住……哭一场,过去就没事了……"

少顷,我替她抹泪,她替我抹泪,怎么也抹不净。庄书记离开后,我俩又一次抱头痛哭。只有我知道,我内心的悲痛和她并无二致。

那一小捆洋布,雪梅并没舍得给毛毛裁新衣。她说,老陆不在了,自己一时半会也去不成,先把布用了吧。一个夜晚,她在油灯底下把布裁开,缝了两条长长的口袋——眼下,她和一个男同志负责保管司令部的贵重财物,这种长筒口袋可以装进去一百块左右的大洋。行军时把口袋缠在腰间,不仅方便,而且不容易暴露。

陆克明牺牲大约两个月之后,游击队开始分散行动。在大茅山北麓的陈庄,石雪梅所在的小组遭遇余阳县"铲共团"的一股敌兵,他们只有九人,对方有三十多人。不能恋战,负责人指挥大家拼命往后山跑,眼见两个男兵中弹倒地。有个女兵受到惊吓尖叫了两声——为了不暴露身份,女兵班这阵子都是男兵装扮,全理了光头。但是这一声尖叫露了马脚,敌兵头目看出来前面有三四个女兵,扬言"捉活的"。

石雪梅落在最后面,因为腰上缠着七十多块光洋,根本跑不快。身后的敌兵越追越近。她急中生智,边跑边把口袋解开,光洋哗啦啦掉到地上,身后发出一道小溪样的白光。敌兵们立即围拢过来抢钱,她成功地把追兵吸引到自己身边。这还没完,她瞅准时机,把身上揣着的一颗马尾手榴弹甩出去,当场炸死了两个敌兵,自己也被弹片划伤。

这么一闹腾,其他人都脱离了险境,石雪梅却负伤被俘,当晚被押解到余阳县城的"铲共团"驻地。

特委书记庄子浩亲自策划、指挥了对她的营救,动用了不少关系,人托人,花重金买通了余阳县国民党县党部一位姓徐的副书记长。隔了几天,此人捎话过来,说了两层意思:一是犯人嘴巴很严密,啥也不吐;二是太不巧了,那天炸死的两个人中,其中一个是中央军七十五师廖师长的亲外甥,廖师长一直给地方上施加压力,务必要杀人者为其外甥偿命。事已至此,结果恐不易改变,他能够做到的,就是尽量让犯人少受点罪。另外,犯人提出一个要求,想见见儿子。可放心派人带孩子过来探视,他保证来人安全。

得知口信的内容后,很多人都哭了。

我要求带毛毛过去。庄书记起初不同意,担心我的安全,但在我执意要求下,终得以成行。我先去南山坳,到了霍家。霍成和他老婆一见到我,脸色煞白,抬腿就想溜。我上前一把薅住霍成脖领子,说:"大哥!不用怕,我们只想带毛毛去一趟余阳县城见见他娘,回来就把孩子还你。"

霍成哭丧着脸唉声叹气:"都怪我,都怪我……我不是故意的……"

"孩子怎么啦?"我有点傻眼。

"孩子……孩子没啦……"

犹如五雷轰顶,我呆立在那里。

他老婆嘤嘤哭了起来。

原来几天前,他们上山采药材,由于担心两个女娃儿照料不好毛毛,便把孩子装到背篓里带上了山。霍成发现一个高耸的山头上有名贵的灵芝草,一心想采到。接近峰顶时,上行太陡峭,一个人攀不上去,他让老婆在下面帮他,老婆便把背篓放在地上,用力往上托举他。哪料到头顶上突然蹿出一条花蛇,他受到惊吓,抠住岩石的双手一松,摔了下来。他和老婆并无大碍,背篓却被他碰翻,一把没抓住,背篓在毛毛的哭叫声中滚下十多丈深的悬崖峭壁……他两眼发黑,下到崖底,发现孩子成了一团血肉,早没气了。

他们领养毛毛半年多,有了感情,还给孩子做了新衣服。孩子没了,两口子很难过,坐在崖底哭了半天,最后找个向阳的山坡把孩子葬了。

听霍成讲完,我瘫坐在地,六神无主,接着哭得上气不接下气。霍成搞清楚我的来意后,小眼睛眨巴几下,说:"你等等。"

他跑出去了。

过了没一会儿,他抱着一个小男孩回来了。我一时不解其意。他说这孩子叫豆豆,是他二哥家的,和毛毛差不多大,都是小圆脸、招风耳,让我就抱着他去吧。

于是,我抱着借来的孩子,赶到余阳县监狱。小梅一见到孩子,两眼放光,扑上来,一把接过去,抱着他亲个没完。我呆立一旁,无言以对,只能默默流泪……

那天临离开时,小梅叮嘱我道:"莲姐,我们不是亲姐妹,胜似亲姐妹。我最后有个心愿,你能帮我吗?"

我含泪点点头。

"把我和老陆葬到一起。"

我抱住她的肩膀,泪如雨下。

月底,受托人给我们传话说,石雪梅在余阳县监狱被枪决,死前很镇定,很镇定。

她只活了二十岁。

一九三七年八月,游击队驻扎在茂庄,等待改编。这天,我们远远看到一个人走过来,他一瘸一拐的,头发很长,衣不蔽体,像个乞丐。等他走近了,我感觉很面熟,仔细一瞧,天呐!这不是陆克明吗?他怎么从地底下冒出来了?

我惊愕得说不出话。

后来,组织上查清楚了,当初在蔡家坑遇敌,陆克明身负重伤,一息尚存。对方知晓他是个大人物,救活了他,并试图感化争取他。挂在赣州城头他名下的那颗人头,是个"替身"。对方招数用尽,并没有达到目的;打算处决他时,抗战全面爆发,国共合作,他因此捡回一条命。

在狱中,老陆的身体受到很大摧残,瘸了一条腿,聋了一只耳朵,掉了四颗牙,已经不适合带兵。接受改编之后,他到新四军供给部负责后勤方面的工作。一九三九年秋,我和老陆在皖南新四军驻地结婚。皖南事变后,我们历经九死一生,到达江北,幸运地活了下来。新中国成立后,我们双双转到地方,老陆担任江西省教育厅副厅长,我到南昌市人民医院担任党支部副书记,一直到离休。

老陆曾经说过,活到六十岁就是万幸。结果被他言中——一九七〇年冬,他因病去世,满打满算正好六十岁。他因此而无憾了吧?

老陆去世后,我决定把他和石雪梅合葬。二十世纪五十年代初修建大茅山烈士陵园时,因为找不到石雪梅的骸骨,她的墓是个空坟。孩子们坚决反对,动用各种关系说服我。我就把当年去余阳县监狱探监时的过程简单讲了讲。那是我对小梅的承诺,不可更改。这份承诺一直藏在我心里,就连老陆在世时都没提过,我怕他左右为难。

我这一说,孩子们都不吭气了。

给老陆和雪梅合葬时,我亲自上到大茅山顶峰采了一束梅花,放进了墓中。

以后每年的清明节,我都亲率全家到他们墓前祭奠。我喜欢听最疼爱的小孙子平平背诵李商隐那首有名的咏梅诗——

　　定定住天涯,
　　依依向物华。

寒梅最堪恨，

长作去年花。

附记：

我的祖母杨采莲九十八岁高龄去世。她走后，我们把她的骨灰撒在了大茅山顶峰一棵梅花树下。她一辈子喜欢梅花。整理她的遗物时，我们发现了一个紫红色绒布封面的笔记本，上述主要内容都是笔记本上所记载的。这些故事祖母生前很少讲，偶然只言片语地说过，我们也没太当回事。本打算把这个陈旧不堪的笔记本和部分遗物一起烧掉，火点着了以后，我又伸手把这个本子抽了出来。

现在，我把文字稍加整理，想找家报刊发表。

时过境迁，往事如烟，不知当今还有没有人对这类老故事感兴趣？

老红军陆克明、杨采莲的孙子陆平平呈上

好天气

已经好多天了,天气糟糕得厉害,不是下雨就是落雾——那时不时浇下来的雨水都是热的,仿佛空中架着数不清的铁锅,阳光每每烧热了里面的水,就有看不见的巨手倾倒它们,热腾腾的水便洒下来;那总也退不去的雾气更像热锅中的蒸汽,闷得人全身肿胀。很少刮风,见不到日头——日头偶尔露一下脸,也是凶相毕露、毒辣异常,还不如不让它露面好。在这样的天气里行军打仗,人人都觉得自己是热锅中已经被煮熟的红苕,离融化不远了。丁小栓不止一次惆怅地想,再这样下去,真不如吃颗枪子儿,死也痛快。他把这想法悄悄说给赵班长听,赵班长瞪他一眼说,你少给老子扯淡!

他们是一个月前从鄂豫皖根据地的大本营金家寨撤

出来的,一路西行。卫立煌的装备精良的兵拼命追击他们,他们且战且退,消耗很大,疲惫至极。后来,陈继承的部队接替卫立煌部继续追击,双方距离越缩越小,他们逃奔到大别山西麓时,敌人离他们只有不足半日的行程了。鄂豫皖分局和红四军军部就行在前面,丁小栓所在的三团负责断后。眼见情况危急,上级命令三团选个地方阻击一下屁股后面的追兵,为大部队安全转移赢得时间。

刚走到这个垭口时,丁小栓就觉得这地方有点熟。他抹了一把脸上的黏汗,透过浓稠的雾气看到,山脚下的这条小路只能容一辆马车通过;北面是悬崖峭壁,直插天际,根本无法攀登;南面的山不算高,山势也比较陡峭,正好可以在上面设伏——这可真是个理想的阻击地点,既不用担心侧翼,也不用担心后方,只要守住正面就行了。团长不由大喜,连说一夫当关、万夫莫开,真乃天助我也。团长命令七连在此迟滞敌人,阻击时间不得少于两天。七连连长领命后,率部与敌人激战了整整一天,直打得天昏地暗、山石变色,但敌人无法越雷池一步。次日拂晓,连长叫过赵班长,说,我决定你们四班继续留下,再坚守一天一夜,能完成任务吗?赵班长点点头。连长松了一口气,又说,阻击完毕后,你带弟兄们往西追赶大部队,能追上最好,追不上,就留在大别山打游击,红军还会杀回来的。

连长率领剩下不足一个排的兵力仓皇西去。

丁小栓他们随赵班长进入南山的阵地时,看到战死者的尸体已经被草草掩埋过了,但刺鼻的血腥气还在战壕里浮游,就像这总也不消失的雨雾。

昨天,四班作为连里的预备队,没有拉上来。现在,赵班长的目光在他手下的五个兵身上一一掠过,目光过处,老黑、麻秆、书生、斜眼、丁小栓都挺了挺胸脯,脸上同赵班长一样,看不出什么表情。仗打得多了,脸上的表情也就淡了。赵班长吼道,先把战壕加固一下,准备战斗。

此时是早晨六点多钟的样子,要是好天,太阳应该从东面的山梁露头了。但雾气仍是那么浓,一丝风都没有,沉闷的空气中仿佛充满了炸药的气味,一点就着。弟兄们全身都湿淋淋的,那是汗水和雨水的混合物,糊在身上,难受死了。他们干脆脱了上衣,解下绑腿和裤子,只穿一条脏得不辨颜色的短裤。唯有书生是个例外,书生仍穿得整整齐齐。老黑怪模怪样地瞅着书生说,兄弟,你是个大姑娘吗?怕我们看你屁股是吧?书生脸红了红,没吭声。

战壕是依着山势构筑的,只能挖到半人多深;往下是石头,挖不动,只好捡些石块垒在面前。昨天打了一天,原先的阵地已被炸得不像样子,他们差不多又重修了一遍。筑壕的过程中没人说话,似乎弟兄们都已意识到末日将临,他们怕是难以活着走下这座山冈了。这样的时刻,谁还有心思说话呢?

战壕有三十多米长,也就是说,他们六个人每人把持五米左右。干完了活,丁小栓伏在壕沿上,目光透过雾气,艰难地望着下面窄窄的垭口出神。突然,他的脑子开了窍,他想起来了,这地方离他的家不远!翻过北面的那座大山,过一条小河,再往北走一段路,就是他家居住的寨子。从这里往家赶,也许不出一个时辰就能到……想到这里,丁小栓吓了一跳。

说起来,他当初参加红军,就与对面那座陡峭的山崖有关。

一年前的某一天,丁小栓赶着寨子里李大财主家的几头大牯牛到山坡上放。那天天气特别好,满山的毛竹、桐树、水杉和杂草在阳光下闪动,凉凉的小风可劲吹来。他感到舒服极了,不觉哼起了家乡小调。他从十岁起就给李大财主家放牛,每年能换回三担糙米,家里日子还算过得下去。那天,宛若梦境般的好天气吸引着他,他想到更高的山冈上好好瞭望一下远方的世界,就忍不住赶着牛们往山上爬。到了山顶,极目远眺,西面是平原,一望无际;东面是山区,山连山岭连岭,满眼是绿色的波浪,气派非凡,真使他大开了眼界,他有生头一次感到大别山么壮美。然而,没等他回过神来,一件意想不到的事情发生了——那头最壮实的牸牛可能心血来潮,在山顶上撒开四蹄疯跑,怎么也唤不住,终于,它失足从那面异常陡峭的山崖上掉了下去,葬身崖底。一头牸牛要值多少铜板?他家全部的家当赔上都不够,连带着把他卖了也抵不上。李大财主嗜财如命,不扒了他的皮才怪。即便李大财主放过他,他自己的亲爹也会打死他。他当下就蒙了,恨不得自己也跟着跳崖。当晚他不敢回寨子,藏在河边的乱树丛里,整整哭了一夜。次日黎明,几个外乡人从这里路过,他们问他哭啥,他把过程讲了。他们却笑起来,说走投无路的时候,正好去投红军,细伢子,跟我们一块去吧。当时,大别山闹红已闹得如火如荼,因为他的家乡处在山区边缘地带,风声尚不是很紧。但命运却这么突如其来地给了他一个机会。半个月后,他成了红军的一名小兵,穿上粗布军装的那天,他刚好过了十四岁生日。后来他常常想,如果那天那头大牸牛不掉下悬崖,可能他至今还在放牛,一辈子都尝不到扛枪打仗的滋味。

想到这里,丁小栓不由自主地直起身来,朝寨子的方向望去。什么也看不到,除了雾还是雾——即便没有雾,也有山挡着。又想也不知爹娘和妹妹怎么样了,自当了红军之后,打仗打得脑子都乱了套,很少有空想他们——也不敢想,一想就忍不住要掉泪,而红军是不能轻易流泪的。

丁小栓脑子正开着小差时,班长从后面猛拍了下他的脊梁,吓得他一个惊怔。班长意味深长地望着他,问他在想什么。他愣了愣,没敢说这地方离他的家很近。如果他把这个发现说了,班长马上就会想到开小差的事。丁小栓定定神说,班长,我想,如果天气好,我们站在山顶上,可以看得很远,大山、小河、蓝天、白云、树木、青草、野花、庄稼、牛羊……都很美呀,要多美有多美。可我们现在什么也看不清,这鬼天气。班长似乎受到感染,说,小鬼,别急,总有云开日出的时候,我们会看到的。现在什么也别想,准备打仗吧,我估计敌人该行动了。

从阵地上往下看,这面山坡上的青草和树木早已被昨日的炮火掀得乱七八糟,像个乱坟冈子,尚有不少敌人的尸体未被拖走,那些黄褐色的残破的肢体呈各种姿势,宛若沉在水底的死鱼,令活着的人不忍卒睹。由于雾障,射界内的情形都无法看清,他们只好竖起耳朵,倾听山下的动静。其实坏天气对攻守双方都有利——它便于守方隐蔽,也利于攻方偷袭。但敌人不善偷袭,所以,好处基本上都成了守方的。

敌人冲锋之前,照例先打了一通迫击炮,炮弹大都呼啸着越过他们的头顶,落在身后的山坡上,只有少数几发在他们眼前炸响。机枪手老黑甩了把脸上的泥水,嘿嘿笑着说,狗崽子,白白糟蹋了炮弹,这些好端端的炮弹要是放在咱手上,白狗子们,就等着蹬腿吧。

炮击过后不久,山脚下就有了响动。班长示意弟兄们别出声,放近了打。丁小栓趴在紧挨着班长的位置上,心里止不住地打抖。虽说参军都一年了,大大小小的仗也经历了十几次,但每次战斗之前,他仍是心慌意乱、小脸焦黄。他永远忘不了第一次上前线时闹出的大洋相,觉得那是自己一生的耻辱——红军攻打光山县城,刚学会打枪的丁小栓被分到了赵班长手下,跟着队伍冲锋。战斗结束后,他发现两条裤腿都是湿的,一股骚烘烘的气味直顶鼻子。班长知晓后一点都没责怪、取笑他。他拖着哭腔说,班长,我当兵前连鸡都没杀过。班长说我晓得,像你这个年纪,应该在学堂里读书。可反动派不给我们饭吃不给我们衣穿,我们只能舍命夺江山,没别的法子。他信服地点点头。班长进而安慰说,很多新兵初上战场都免不了这样子,以后会好的。以后再冲锋,你跟在我后面,只要我活着,你就死不了。

这时,班长有些不放心地看了丁小栓一眼,然后提醒他注意隐蔽,什么也别想,就想着杀敌。他用力朝班长晃了晃拳头,意思是请他放心,我不会当孬种的。班长很小就父母双亡,他下面还有个小弟弟,和丁小栓同岁,因为是红属,被地主民团活活烧死了。每次见丁小栓,班长眼前就会浮现出小弟弟的模样,这可能是他格外关照、爱怜丁小栓的原因之一。

约莫过了一袋烟的工夫,几十个敌人探头探脑出现在视野里,呈扇形往山上爬。等他们爬行到离战壕三十多米远时,班长手中的枪先响了。紧接着,老黑的捷克式轻机枪刮风一般射出密集的子弹,其他人手中的各种武器也都拼命吐出火舌。转眼工夫,敌人丢下十几具尸体,其余的鬼哭狼嚎、连滚带爬从山坡上消失了。

老黑和斜眼直乐得拍屁股。老黑说,在这个好地方打阻击,有我一人就够了。斜眼说,不用使枪,光往下扔石头也够龟孙们喝一壶的,干脆就留你一人守阵地,我们先下去睡一觉,等你打累了,我再接替你。班长冲二人吼道,快给老子闭嘴。仗刚开打就翘尾巴,恶仗还在后面呢。

敌人的第一次进攻只是试探性的,再往下,越打越激烈。所幸那面山坡比较狭窄,摆不开更多的兵力,敌人每次最多只能使用两个排,而且也无法迂回攻击,否则,这仗就难打了。最要命的是,敌人的炮弹越打越精准,差不多颗颗都在壕沟周围爆炸。

斜眼最先尝到了炮弹的滋味,一片枫叶状的炮弹皮嵌进了他的喉咙,切断了他的喉管,血泡从受伤的部位咕嘟咕嘟往外冒,一会儿就把他的胸脯涂得殷红殷红,仿佛有人为他罩上了一件红背心。班长和丁小栓赶过去。班长把斜眼揽在怀里,声声唤他的大名。丁小栓弯腰抓起一把潮湿的黄土,按在伤口上,但炙热的鲜血很快就把黄土染红冲走。丁小栓骇得不由倒退了一步。

在班里,斜眼是一个挺讨人喜欢的兵。他是湖北麻城人,个头不高,圆脸,两只小眼睛天生斜视,那副模样你看他一眼就忍不住想笑。斜眼参军前是个长工,因此,没事时他经常给弟兄们讲自己的长工生涯。他说他恨死了那个东家,如若不是看着东家女儿的面子,早就放把火把他家的宅院给点了。一谈起东家女儿,斜眼就眉飞色舞,唾沫四溅。在他的讲述中,东家女儿貌如天仙。他说他们两个真是天造的一对,地设的一双,所以他们就偷偷相爱了。老黑和麻秆爱揭他的老底,说你个斜眼蛋子,人家天仙能看上你?斜眼正色道,她说她偏偏就喜欢我这双眼睛,明亮、有神,越瞅越顺眼。老黑和麻秆就说,噢,明白了,难怪她看你顺眼,她肯定也是个斜眼。斜眼不理他们,接着说,狗日的东家,太狠毒了,有一次我们到山洞里相会,被他捉住,差一点揍扁我呀,当天就把我撵出了家门,工钱一个子儿都不给。没多久,他又把女儿嫁到了县城,生生拆散了我们这对有情人。末了,斜眼脸憋得通红,咬牙切齿地说,你们说我能饶了狗日的吗?大伙忙说,饶不得饶不得,天下的地主没一个好东西。

可现在,斜眼的脸色苍白如纸。但斜眼还有一口气。他央求班长,把他脖子上的弹片拔下来。班长无语。斜眼用最后的力气说,他不想身上带着敌人的东西去死,他感到脏,不然他死不瞑目。听了这话,班长不再犹豫,伸出右手的三个指头拽出了那块饮饱了斜眼热血的炮弹皮。随着哧的一声,一股鲜血像火苗那样亢奋地向上蹿了几蹿,然后缓缓熄灭。斜眼满意地笑了笑,那笑就凝在了嘴角。

斜眼死了。刚才他还活蹦乱跳的,但他说死就死了。在战场上,死亡是最简单不过的事情。丁小栓低下头去,嘴唇不由哆嗦了几下。班长面无表情地回到他的位置上,默默地往枪里压子弹。老黑、麻秆、书生他们三人扭脸往斜眼的遗体上瞅了几瞅,什么话也没说。丁小栓想,也许他们都是老兵了,什么场面都见过,所以遇事不惊、从容镇定。他好羡慕他们,但他做不到。

第二个遇难的是麻秆。

麻秆天性活泼、机灵。虽然他细胳膊细腿,看上去不堪一击,其实他打起仗来有勇有谋,似乎天生是块当兵的材料。麻秆的枪法确实好,不久前打苏家埠时,他们远远地看到一个敌人指挥官时不时在一座工事里露露头。赵班长就问麻秆,能不能一枪报销了他。麻秆说我试试看。他举起他的苏式水连珠步枪,瞅准机会,果然一枪就把那家伙的脑壳打碎了。事后才得知那家伙是个营长。麻秆的嗓音也好,喜欢唱京戏,而且唱得蛮像回事。刚才打退敌人第二拨冲锋后,麻秆见气氛沉闷压抑,就请示班长说,我唱两口行不行,让弟兄们松松气?班长想了想说,唱吧,但声音小点,别让山下的敌人听见,免得招来炮弹。麻秆清清嗓子,小声唱道:湛湛青天不可欺,是非善恶人尽知。血海的冤仇终须报,且看来早与来迟。薛刚在洋河把酒戒,他爹娘的寿辰把酒开。三杯入肚出府外,惹下了塌天的大祸灾……他唱的是《徐策跑城》。弟兄们以前多次听他唱过,但现在听来感觉大不一样,连平时极不合群极不爱讲话的书生都击掌叫好。

麻秆的唱腔尚在山坡上缭绕时,敌人再次冲上来了。除了老黑用机枪扫射外,其余的人都拼命甩手榴弹。在这种地形条件下坚守,手榴弹是很好的武器,甚至不用使劲甩,顺手往下丢就行。幸好连长他们撤退时,留下了六箱宝贵的木柄手榴弹,够用一阵子的。麻秆晃动着他两只螳螂般瘦长、灵巧的臂,左右开弓,眼见着手榴弹像天女散花,在敌阵中响成一片。麻秆杀得兴起,干脆直起上身,尖着嗓子边骂边甩。一不留神,只听啪的一声,他两眼一黑,猛地仰在了壕沟里。

打退敌人的进攻后,班长才趔趄着奔到麻秆跟前。班长左臂也负了伤,鲜血一直往外冒,但他不管不顾,任它流。丁小栓也迟疑着跟了过来。丁小栓看到,一颗机枪子弹把麻秆的天灵盖整个儿掀开了,白白的脑浆糊满了他瘦小的脸膛。但麻秆的眼睛仍睁着,班长小心翼翼地抚弄了一下他的眼皮。那眼皮合上后,随即跳了跳,却又睁开了,好像麻秆还机灵鬼一般地活着。班长就不再动,说,好兄弟,我晓得你不甘心走,你就睁着眼睛看我们同敌人拼吧。老黑和书生也围过来。老黑的脸更加黑,像一块烧焦的岩石。老黑的铁拳猛地砸在一块尖锐的石头上,硬是砸得它裂了缝。书生说,麻秆,你安息吧,大别山会永远记住你的。

丁小栓的眼泪涌到了眼窝里,他咬咬牙,强忍了回去。

估计到了正午时间,山上的雾气稀薄了些,往远处看,仍是一片苍茫。仍然没有一丝风,空气中的硝烟、焦煳和血腥气味更加浓稠,堵得人心里难受。他们一个个像刚从泥水里捞出来似的,黄泥、污黑的硝烟和片片血迹糊在身上,看上去仿佛成了彩色的人。

敌人好一阵子没再进攻,可能在吃午饭。班长招呼大家吃点东西。糯米团子就放在每个人的脚下,但谁也没吃,都说不饿,就是感到渴。丁小栓觉得自己的嗓子老是往外冒烟,冒一些花花绿绿的烟。老黑到身后的坡上找水喝,水洼大都叫炮弹炸开了,成了稀泥糊糊,而且里面布满了指甲盖大小的炮弹皮。老黑转了半天,仍然找不到一片可以饮用的水洼。老黑有气无力地骂道,再这样下去,不用敌人攻,我们自己就得渴死。

正愁得不行时,天空突然哗哗下起了雨。雨也是热的,像温开水。虽然下了没一会,但他们淋了淋,张嘴接了几口水,觉得舒服了些。班长说,真是及时雨呀。老黑接上说,老天有眼,我们死不了啦。

雨过之后,班长把许多手榴弹的后盖拧开,每个人面前放了十几颗。老黑在擦他的宝贝机枪,嘴里嘟囔道,子弹不多了,我这支枪如果哑了,咱们的战斗力至少减一半。书生则掏出一个小本本,往上写着什么,一脸的冷峻。

在这个难得的平静的间隙里,丁小栓又一次止不住地想起晴空丽日下的场景。他趴在壕沿上,双手支腮,目光试图穿越白色浓稠的雾障,望向想象之中的明净的世界。阳光是那样艳丽,风是那样柔和,天空是那样蓝,那样高,土地是那样阔,那样远。山山水水都处在晶莹透明的空气中,庄稼和野花的气息清新迷人。在那样的时刻,土地上的人都醉了,他们耕种、收获、繁衍子孙、整天乐呵呵的……可是,现在这雾气像潮湿的棉被,压得人连呼吸都不畅了……

老黑从一个油纸包里拿出一盒花壳子纸烟,递一支给班长。这烟是他从一个敌人指挥官的尸体上搜到的,都好久了,一直舍不得抽。老黑试探着对班长说,大部队都走远了吧?班长警觉地望他一眼,说连长命令我们坚持到明天早晨,这是不能变的。老黑说,我是说,只要大部队安全转移,我们死在这里也值了。班长说,兄弟,你说得对。

这边,丁小栓对自己说,我们真要死在这里了。脑袋不由一阵麻木。他看了看班长,班长沉着镇定的神色又激励着他。

大气中传来锐利的呼啸声。敌人又打炮了。

在红军里,丁小栓最佩服的就是他的班长。他的班长作战勇敢,爱护部下,每次打仗都冲在前面,因此,在全连九个战斗班中,他们四班是最硬的骨头。如果不是因为一件事情,班长恐怕早就干上营长了。两年前在皖西,刚当上班长的他打死了一名被俘的敌军团长,违反了纪律,被撤了职。他说那家伙是血洗他们村庄的指挥官,百多口子人就死在他手里,不杀他自己这口气咽不下,杀了他就是自己被枪毙也心甘。虽然后来班长的职务恢复了,却再也上不去了。弟兄们为他叫屈,他说,我当红军不是为了做官,如果为了做官,我就到白军那边去了,那边做官容易。

有一次,丁小栓忧心忡忡地说,班长,我天生胆小,可能一辈子也成不了英雄。班长说,什么叫英雄?我看你早就是个英雄了。在我眼里,那些敢于扛枪打仗迎着子弹上的人都是英雄,不管他有没有战功。正是在班长的鼓励下,丁小栓才在红军队伍里熬过来了。他想如果没有班长,就没有现在的他。

然而,班长却被敌人甩过来的一颗马尾手榴弹击中了,时间是午后。班长上半身密布着窟窿眼,很像碑石上刻着的红色铭文。丁小栓号叫着扑过去抱住班长,感觉就像抱着自己的父兄。班长抬手示意丁小栓不要哭号,努力撑着再坚持一会儿。老黑和书生奋力打退敌人后,也扑过来呼唤班长。

班长断断续续地说,你们不要难过,那么多弟兄都死了,我死了也没啥。老黑接替我当班长,一定要坚持到明天早晨,然后往西追赶大部队;能追上最好,追不上,就留在大别山打游击,红军还会杀回来的。

班长说完就咽了气。丁小栓悲伤得浑身颤抖,全身的筋骨仿佛被抽走了。他不相信班长会死,就用力摇晃班长。班长临闭上眼睛之前,最后目光是望向他的。丁小栓事后回忆,班长最后那一缕目光的成分很复杂,既有勉励,也有眷恋,似乎还有点不放心他。因了这样的目光,他咬牙切齿地想,如果我还能活下去,一生一世都不能做对不起班长的事情了。

书生伏在班长的遗体上,哭得一抽一抽的。丁小栓以前很少见书生流泪,书生的眼泪比金子还金贵,但现在书生流泪了。老黑劝了书生几句,说咱们不能用眼泪为班长送行,班长活着时最瞧不起男人流泪,对不对?说完,老黑反身抱起他的机枪,枪口朝天嘟噜了一串子弹。书生抬起头来时,脸上的泪水已经干了,他一言不发,默默朝自己的位置走去。

老黑接任班长后,下的第一道命令是,赶紧加固战壕,准备杀敌,为班长报仇。

老黑膀大腰圆,浑身是力气,走起路来咚咚作响。他不但脸黑,身上也全是黑毛,麻秆曾取笑他,说他是大别山密林中的黑熊托生的。他回敬道,我要是黑熊,首先把你个瘦猴吃掉。又说,如果红军士兵都像我这个模样,保准百战百胜,不用打,往那一站,就能把敌人吓个半死。你们信不信?丁小栓头一次见老黑时,着实吓了一跳。老黑入伍前是个瓜把式,他说他种的西瓜又大又甜,方圆百里之内无人能比。但他并非为自家种瓜,因为他家没有一寸土地,他的手艺只能用在地主家的土地上。老黑入伍后曾闹过一个笑话：一次宿营,夜半时分,大伙睡得正香,老黑突然爬了起来——他犯了夜游症。不知怎么,他把紧挨着他睡的斜眼的大砍刀握在了手中,然后蹲到斜眼跟前,伸左手敲敲斜眼的头,说这个瓜不熟。接着,他又去敲麻秆的头,说这个也不熟。等到他敲赵班长的头时,赵班长突然醒了,一看那架势,赵班长忙说,我这个瓜也不熟,快住手。从那以后,每次宿营,赵班长都特意交代挨着老黑睡觉的人,注意把刀藏好,千万别让他把谁的头当西瓜给切了。

这天下午,老黑接任班长也就是一个时辰的样子,敌人的一颗炮弹不偏不倚落在他跟前,巨大的气浪把他掀到了空中,而且把他甩出战壕足有两丈远。丁小栓发现,老黑落地后两条腿不见了,老黑猛不丁矮了半截,成了个肉墩子。丁小栓和书生都呆了,木木地不知怎么办好。老黑抹了把脸上的血花,对他们说,愣着干啥,老子还没死。书生你给我听着,由你接任班长,一定要守到明天早晨,然后往西追赶大部队;能追上最好,追不上就留在大别山打游击,红军还会杀回来的。

老黑闭上了眼睛。丁小栓和书生都以为他死了,谁知过了一会儿,他又睁开眼,说我的枪里还有几发子弹没打完呢。说罢,老黑双手撑地,一耸一耸往前挪,肠子拖在身后,像一条彩色的尾巴。终于,老黑挪到他的枪位上,扣动了扳机。伴随着清脆的枪声,老黑撒手去了。

书生命令丁小栓把老黑的捷克式轻机枪毁掉,说武器不能留给敌人。丁小栓举起它,使劲摔在一块岩石上。它痛苦地扭曲了一下,发出凄婉的哀鸣。这挺机枪跟了老黑两年,不晓得多少敌人葬身在它的枪口下,现在老黑走了,它也完成了自己的使命,成了一个沉默的再也不能说话的物件。丁小栓禁不住想,它的魂儿肯定追随老黑去了,如果地下也有战争,老黑还会用它杀敌的。

弹药已经不多了,丁小栓把仅剩的十几颗手榴弹归拢起来,全都拧开了后盖。想想觉得不对,又将某一颗的后盖旋上,插进腰间。他决定把这一颗留给自己,在最后的时刻让它炸响。

书生抬眼瞅瞅坡下几十米外的敌人尸堆,那儿有不少死鬼们遗弃的枪支弹药,但山下的敌人不时用机枪封锁着,下去捡很危险。书生说我试一试。他轻盈地顺坡往下溜,敌人果然发现了他,一顿好打。书生拎着两支冲锋枪两个弹匣返回来时,腿上多了两个枪眼。丁小栓简单地为他包扎了一下。书生说,两个枪眼换两支呱呱叫的冲锋枪,不亏。用敌人的武器消灭敌人,这就是红军的本领。

趁着有空,书生又掏出他的那个烫金封面的小本本,用一支闪光的笔往上写着什么。丁小栓感到好奇,问他写的啥。书生递过小本本,丁小栓翻了翻。入伍后丁小栓学了一点文化,上面有些字他模模糊糊认识。他见都是一些人名和部队番号,斜眼、麻秆、赵班长、老黑的大名下面,写着书生的名字,墨迹还未干。书生的大号叫苏一航。丁小栓感到不解。书生告诉他,我把我所晓得的那些牺牲的同志记下来了,也许多少年后活着的人会忘了他们,我这个本子就有些用处。

丁小栓说,可是,你还没牺牲,怎么也写上了?

书生说,我觉得那是早晚的事,不妨先记上。

丁小栓眼圈一红,说你把我也写上吧。

书生不同意,摇摇头说,你明明活得好好的,上不得我这阎王爷的册子。说罢,书生爱惜地收起小本本,掖在怀里。许多年以后,这个小本本存放在了一座纪念馆里,但上面到底没出现丁小栓的名字。

在班里,书生一直是个挺神秘的人物。他面目清秀,举止文雅,不爱讲话,更不说粗话。这样的人走在红军队伍里,你一眼就能把他挑出来。据说他是武汉国立高等学府的高才生,同女朋友一起投了红军。原先他在鄂豫皖分局工作,半年前,张国焘抓 AB 团搞肃反时,他被关了起来,性命危在旦夕。后来他侥幸逃脱了,半路上遇到赵班长。赵班长问明情况后,当即收留了他。他说他原本想潜回武汉的,但那样做反而证明他是 AB 团了,因此他不能走,就是死,也要死在红军队伍里。赵班长说,你跟着我干吧,红军最需要你这种有文化的人,以后谁要敢欺负你,老子敲碎他的脑壳。

这天晚些时候,书生和丁小栓异常艰难地打退了敌人的最后一次冲锋。丁小栓多处负伤,但他并不觉得疼,全身都麻木了。他见书生亦是身中数弹,气息奄奄,就顺着战壕爬行过去,紧紧握住了书生的手。书生的脸白得像刚烧出的瓷器,又像一个刚出世的婴儿。书生的胸脯一鼓一鼓的,连连呃着,说,小栓,你不会死的,你一定要坚持到明天早晨,然后往西追赶大部队;如果追不上,就留下来打游击,红军还会回来的。

丁小栓用力点点头。

书生最后说,他还有件事情拜托丁小栓,如果丁小栓能追上大部队,就去军部找一个叫白雪松的姑娘,把他这半年来的经历告诉她,然后请她忘掉他。

书生嘴里呛出一口血来,头一歪,没了声息。丁小栓抬起头,望向混沌的天空。现在已是傍晚了,如果天气好,此刻应该是一天里最美的时光——红霞满天,白云飘飘,凉风习习,林涛翻卷,秋虫唧唧,牧童的歌声婉转而悠扬……

那是什么地方?怎么这样熟?他迟疑着,在一座毛竹环绕的茅屋前停住了脚步。月光下,茅屋和院落宁静恬淡,油灯昏黄的光亮透过窗子,照射在倚院墙而立的各类农具上,一只小鼠从黑暗的地方钻出来,越过他的脚面,无声无息地没了踪影。他兴冲冲地走到屋门前,推开竹笆门。妹妹眼睛尖,一下子认出了他,说,爹,妈,哥哥回来了。母亲愣了愣,抹了把泪,笑着说,伢子,你多久不见了,野到哪儿去了?母亲唠叨起来没个完,说咱家也买了头大水牛,等着你去放呢。父亲却一句话不说,笑呵呵朝他走来。他张开双臂,迎着父亲走去,然后猛地抱住父亲的臂膀……随即他纳闷了:父亲身体咋这么凉呀,冰得他牙巴骨一个劲地抖?

终于他醒了。定睛看,原来他抱着赵班长的遗体。这个发现使他像出膛的炮弹那样,一下子跳出好远。黑夜早已来临,四周没有任何声息,潮气很重,好像刮起了小风,久违的凉意浸到骨子里。他哆哆嗦嗦,几乎站立不住。

过了好一阵,丁小栓才定下神来。他看到弟兄们的遗体呈各种姿势待在战壕里,像睡着了一般。他的第一个反应就是把那颗仅存的手榴弹握在手中,如果敌人摸黑上来,他就跟他们同归于尽。但很长时间过去了,仍是一点动静没有。此时丁小栓并不晓得,在他们阵地前受阻了两天一夜的敌人见红军主力已经越过了平汉铁路,便放弃了攻击,打道回营了。

丁小栓试探着朝家的方向望了几眼,随即命令自己不要再望。由于这一天经历了太多的事情,他觉得自己变成了另外一个人,这个人的躯体虽然遍布伤痕,仍是那么瘦小孱弱,但这个人的魂魄却坚硬如铁,谁也奈何不得了。

现在,他用目光一遍遍抚摸弟兄们的躯壳,总觉得应该为他们做一件事情。于是,他积攒了点力气,找到弟兄们的军装,一个一个为他们穿戴。弟兄们好像都变得粗壮了,军装显小,穿不上,他不得不用刺刀划开一些口子,勉强套在他们身上。做完了这一切,他又想,四班的人活着时队列整齐,步伐一致,顶天立地,死了,也不能散散漫漫地躺着。于是,他又攒了点力气,先扶起班长,将他立在壕沿上,接着又扶起老黑、斜眼、麻秆和书生。老黑由于少了两条腿,显得矮小,他只好搬来两块石头垫在老黑身下,使老黑和大家一般高。搬弄老黑时,老黑的那盒没吸完的花壳子纸烟掉在地上。他想了想,弯腰捡起来,说老黑你可不能独吞呀,让弟兄们都跟着抽一根吧。于是他再次攒了点力气,往每个弟兄嘴里塞一根烟,又为他们点着火。给书生点烟时,他说书生我晓得你不会吸烟,我也不会吸,但打了一天恶仗,累坏了,就烧一根解解乏吧。

最后,他仔仔细细穿好自己的粗布军装,拂去上面的泥土,又把那颗手榴弹斜插在腰间,向前跨了两步,转身,紧挨着书生,倚靠在壕沿上。他想为自己点上一根烟,但他已经实在没有力气了。身与心朝着深渊滑落的过程中,他似乎又见到了梦境般的好天气……

第二天确实是个难得的好天,阳光明媚,青山巍巍,白云悠扬,凉爽可人。但丁小栓再也看不到了。

一只苍鹰在山顶盘旋,盘旋。它盘旋了很久,怎么也不敢对着那一排俑土般的躯干俯冲,因为它从来没在人世间见过这样的阵容。

小推车

柱子跟上队伍走了不久，他的父亲王怀炳老汉也加入了支前的行列。老汉已经五十九岁了，按照农救会的规定，过了五十五岁的人可以不出夫，况且他家里还有个瞎眼婆子无人照料。但老汉执意要去，谁也拦不住他。

柱子虽然长成了壮小伙子，但在怀炳老汉的眼里，他永远是庄稼棵子上的嫩须须，开春时节的树芽芽，碰不得拽不得，不容有闪失的。霜降之前，队伍打完了枣庄和泗水，拉到他们这一带休整。这一带刚搞过土改，人们脸上终日喜气洋洋，老汉叼着烟袋锅在自家新分的田地里转悠，老婆子端着簸箕在自家小院里翻晒刚分到手的粮食，大闺女小媳妇参加了妇救会，唱歌扭秧歌学识字。小伙子们眼盯着那些扛着钢枪齐步行进的士兵，心就痒痒开了。队伍上的人一来动员,他们纷纷报名参军。按说柱子是独子,可以不当兵,别人也不会小瞧他,更不会被人硬拽了去。可他自己留不住自己,别人就不好说啥了。

那几天,不断有消息传到他家小院里来,说张三家的儿子穿上军装了,李四家的儿子扛上枪了,王二麻子家的儿子也戴上大红花了。柱子的脸色越来越不好看,他就知道闷头睡觉,喊他吃饭他说不饿,唤他喝水他说不渴,声音哑哑的,入了梦魇一般。他娘烧了一锅开水,让他挑到队伍那边去。他去了,直接走进了一纵七团三营九连二排的驻地。恰巧有个白白净净的战地女记者来二排采访,女记者穿着合体的军装,手里拎着个皮匣子,别人说那叫照相机。女记者喝了一碗水,说,呀,你家的水怎么这样甜呀?柱子低了头说,俺娘用松枝烧的,松枝烧出来的水又香又甜。女记者又说,哟,你是谁家的小伙呀?西王庄的小伙我都见了,就数你精神。刘排长,你借他军装穿穿,再给他一支枪,我给他照张相。

柱子像个木偶一样,任女记者摆布了好一阵子。随即咔嗒一声,定了影。女记者收起皮匣子。那一刻,柱子突然闻到了一种气息,一种他说不出来的气息。那种气息一定来自战场,它含着硝烟,含着新鲜血液,含着钢铁,含着刚刚掀开的泥土,含着年轻的身体,也含着抖落的露珠和破碎的野花。后来柱子把这个发现讲给小娥嫂子听,说这种气息带着魔法,深深地把他给迷住了。

但此刻柱子并不知道,这种气息将伴他一生。回到家里,他把木桶往地上一撂,瓮声瓮气地说,爹,娘,俺想好了,随队伍走。他娘正烙着煎饼,手按在鏊子上,煎饼煳了,手冒了烟起了泡,也不觉疼;怀炳老汉正蹲在门槛上吧嗒旱烟,烟丝烧尽了,他仍不停地吧嗒,仿佛想把烟油子都吸到肚里去。半个月后,队伍要开拔了。一大早,刘排长带几个兵来到他家,把小院子打扫得干干净净,给水缸里挑满了水。穿一身新军装的柱子起初缩在后面,东张西望不知干啥好,后来他端起瓦盆,往院子中央的那棵香椿树下浇水,一连浇了三遍。那棵香椿是他出生那年栽的,按当地的习俗,在他过周岁时,他的爹娘在树下摆了香案,又扶他磕了三个响头,算是拜了干娘。干娘会保佑他一生平安。现在,香椿树已长到了大腿一般粗,而它的干儿子也要远行了。

刘排长干巴巴地替柱子安慰了几句他的爹娘。倒是刘排长带来的兵里,有个外号叫小算子的,模样虽不济,但能说会道,据说他原先当过算命先生,后来被国民党抓了夫,新四军过涟水时给解救过来了。小算子摇头晃脑地对怀炳老夫妇说，大爷大娘甭担心，您儿子像我一样，天庭饱满，地阁方圆，顶冒紫气，面露祥光，福大命大造化大，上了战场，弹子儿会绕着我们飞。你看我从那边到这边，可以说身经百战，屡立战功，见的死人海了去啦，但一根毫毛都没伤着。老婆子抹了把脸，面带着笑，说，瞧这孩子真会说话。刘排长恼也不是笑也不是，扭头狠狠瞪了小算子一眼。怀炳老汉命老婆子赶紧把放了一冬舍不得吃的红枣拿出来。老婆子端着柳条筐一把一把往孩子们怀里塞。大伙躲着不接，老夫妇就虎起脸说，俺儿子和你们一样了，你们就像俺的儿子，一家人还见外？真是的。小算子替刘排长发话道，干脆每人吃一颗吧，人民的枣，人民的心，吃在嘴里，甜在心里。大伙都笑了，每人捏一颗扔进嘴里。柱子也含一颗，过了好一会才把枣核吐出来。他踱到窗前，用脚踢蹬出一个坑，认认真真把那只尖尖的枣核埋了进去。然后他抬起头来自言自语地说，不知它能不能发芽呢？

号声在村落、田野和山峁间久久回荡。不见首尾的队伍在村外的官道上蜿蜒西去。老人、妇女和孩子们驻足于道路两旁，锣鼓声震天响，妇救会的大围女小媳妇把秧歌扭得像刚出锅的麻花，香喷喷让人眼花缭乱；煎饼、鸡蛋、苹果、花生、核桃、大枣在人群里飞来飞去,仿佛是天上落下来的。怀炳老汉一手拎着老婆子,一手拎着烟袋锅,钻来挤去,四只眼睛望着游动的队伍,一眨也不敢眨。老婆子喋喋不休,说,咋还不见柱子,他过去了吗?怀炳老汉也纳闷,他觉得这些穿军装的孩子都像一个模子脱出来的,看着看着眼就花了,就辨不出谁是谁了;他还觉得远行的队伍跟沂河的水一样,一直流啊流啊,没个尽头。

小娥也站在欢送的人群里,她没有扭秧歌。她的男人——那个痨病腔子大贵刚死不久,身上还戴着孝,所以她不能在人前过于欢笑。傍晌时,队伍终于过完了,小娥来到怀炳夫妇跟前说,叔,婶,俺看见柱子兄弟了,他背一杆新枪,好精神。俺往他兜里塞了六个红鸡蛋呢。老婆子抬起衣袖抹抹眼,说,嗨哟,俺这是咋啦,连自个的儿子都没认清,这眼怕是要瞎了。小娥低下头劝道,婶子,快别说了,俺兄弟确实蛮高兴的。他还对俺说,等打完仗,就回咱西王庄种庄稼,让俺叔给他买把新镰刀,割麦子用。怀炳老汉却不知哪来的火,突然冲老婆子说,家里不是还有半罐子鸡蛋吗?你也不知道煮煮。老婆子忙说,俺心里乱,没顾上。老汉又说,家里还有半口袋花生,你也不想着炒炒。老婆子接上说,俺没顾上,心里乱。

队伍早没了影,他们仍不愿回村。三个人踮起脚望着队伍消失的方向,看到日头越落越矮,土地亮晃晃的,村子乌蒙蒙的,远处的群山在阳光下起伏,仿佛大河中的波浪,一直流向天边。

队伍走了不出一个月,老婆子的眼睛果真说瞎就瞎了。那天傍晚时分,她熬好晚炊后,像往常一样,摇着一双小脚到村外的官道上朝远处瞭望,望着望着,就感到满眼都是火红的颜色,灼得眼眶子像要炸开。接着,红色慢慢褪了,无涯无际的黑暗浮上来,却再也卸不掉了。怀炳老汉唉声叹气地把她背回家。她反倒安慰老头子说,不碍事的,柱子一回来,就会好的,俺还想好好看看他呢。

转过年来,天气冷得厉害。农救会的人敲着铜锣挨家挨户动员,说是队伍要打大仗,攻莱芜,号召大家伙儿有力的出力,有钱的出钱,有粮的出粮;运粮秣,抬伤员,踊跃支前,接济前线。又把整个村落鼓动得热火朝天。怀炳老汉未被列入支前名单,农救会的人没踏他家的门槛,老汉抆着腰气哼哼地说,狗崽子,欺俺老汉子不中用了吗?告诉你们,推起小车俺一天行个百八十里的,啥事没有。

天未放亮,西王庄的十八辆独轮小推车就出村了,吱吱呀呀的响声连成一串,像夜鸟的啼叫,搅碎了黎明前的黑暗。这一带的支前队伍都在那条黄土官道上集合,然后排开一字长蛇阵,人们弓了腰胝足前行。

西去莱芜,一百二十华里远,两天的路程。

怀炳老汉和小娥合使一辆小车,老汉在后面推,小娥在前面拉。这一老一少特别惹眼,老的干瘦干瘦,头发花白,额头的皱纹像土地上的沟坎,缺齿少牙的嘴呼出的气息格外浓重;少的细腰圆臀,三尺青丝盘在脑后,一张瓜子脸儿憋得通红。老的边走边望着眼前那根绷得紧紧的麻绳,说大贵家的,甭使那么大劲,路还远着呢,悠着点力气。小娥头也不回,柔声说,叔,俺年轻,别的没有,就是不缺力气,累不着的。

自打横了心要去支前,怀炳老汉就着手收拾家里的那辆小推车,该紧固的紧固,朽坏的地方换了新的。又请木匠做了个光滑无比的枣木轮子,把这辆有年头的小车打扮得像个即将迎娶媳妇的新郎官。他没想到小娥也要做民工。小娥不惜和公婆翻脸,死活闹着要走,说不依她她就上吊,或者跳崖。那天她抱着一盘粗壮的麻绳来找怀炳老汉,一见面就咧嘴笑,说他们总算应了,这样俺就不用这根绳子吊颈了,用它拉车吧。老汉疑惑着说,这可是上前线,你能行吗?小娥说,咦,叔你小瞧了俺,柱子兄弟敢去冒死打仗,俺往前线遛遛腿还不行?说完又笑,像捡了个大便宜。老汉想起,自她男人死后,还没见她笑过呢。

老婆子更是忙乎起来没个完。她睁着一双瞎眼,没白没黑地缝了个红肚兜,又在上面绣了钟馗像,说是护身符。反反复复嘱咐老头,到了前边,无论如何也要想法交给柱子,逼着他戴上。为了做这个护身符,老婆子的手指上扎得到处是针眼子。然后,她又没黑没白地推磨,磨出米面再烙煎饼,焦黄酥脆的煎饼摞在那里,足有半人多高。老汉劝她,说柱子吃不了这么多,你就歇着吧。她却说,你个老东西,光念着自己儿子,私心忒大呢。见了柱子的同志,每人分一点,让他们都尝尝,记住了吗?老汉一拍脑瓜子,说,还是你想得周到,俺忘不了,放宽心吧。

临动身前,老婆子只留下三升玉米,让老汉把家里余下的两口袋粮食都带上。老汉说,咋?俺闹不准啥时回来,你个瞎眼婆子不想活啦?老婆子说,饿不死俺,村里人到时会帮俺的。待在热炕头上,吃糠咽菜照样活命。孩子们就不成了,他们在前边拼命,离了粮食还打个屁仗。老汉拗不过她,只好气哼哼地把口袋绑在小推车上。这样,他们这辆车上的四百斤粮食,约有一半是怀炳老汉自家的。

支前的队伍浩浩荡荡，沿不同的道路奔向莱芜一带的战场。虽然已到了立春时节，但严冬仍在肆虐，呼啸的北风无孔不入，切割着人们裸露的肌肤。太阳尽管露了脸儿，然而它虚弱得飘飘忽忽，仿佛一阵风就能把它刮走。田野里的麦苗还在沉睡，遍地布了白霜，看上去晃人的眼。越往前行，气氛越紧张，已经能够听到远处隆隆的炮声，像雨天的闷雷。一路上，不知为啥，怀炳老汉和小娥尽量不提柱子，仿佛柱子是个易碎的器皿，一碰就坏。他们都把柱子搁在了很深的心里，抑制着不去触动他。但是，他们很快发现，心里搁不下他，心中的他像只小兔，总想沿着嗓子眼儿，蹦到外面来。于是，话题绕来绕去，不由自主就扯出他来。比如小娥说，叔，你快六十的人啦，力气一点都不显差。老汉就说，可不，要论下力气，柱子都比不上我老头子。比如小娥说，叔，俺看来支前的人里，就数你年纪大。老汉就说，要是柱子不参军，推这辆车子的，就是他。又比如老汉说，大贵家的，你满二十了吧？小娥就说，过了，二十一啦。俺比柱子兄弟大三岁。俺那个死鬼和柱子同庚，都说女大三抱金砖，俺这辈子怕是连块石头都抱不上了。再比如老汉说，唉，大贵也够可怜的，从小就是个病秧子，摊上你这么个好媳妇，硬是没福命。小娥就说，他呀，要是顶柱子兄弟一根指头,俺也不叫屈。

说着念着,怀炳老汉的眼前就浮起儿子的面影。老王家一直人丁不旺五谷欠丰,到怀炳这一辈时,已是三代单传。由于家境贫寒,他三十好几了,还未讨上媳妇。有一年的晚秋,他舍命从河里捞起一个女人。一问,她是临沭一带的人,婆家是个富户,因她连着生了四个丫头,被男人一怒之下赶出家门。她没脸回娘家,就四处流浪,沿路乞讨,到了沂河边,她突然不想活了,就顺水而下。后来这女人便成了柱子的娘。但在很长一段日子里,怀炳却当不上爹,女人的肚皮不知何故总也鼓不起来。眼看老王家就要绝户了,苍天有眼,他四十一岁那年,柱子终于呱呱坠地。往后他们再也没能生育,柱子就成了十亩地里的一棵独苗苗。家里虽然吃了上顿没下顿,虽然穿了这件没那件,但凡有一口吃的,但凡有一件穿的,都由着他尽着他。老两口扳着指头过日子,眼瞅着他长成了壮小伙,如果赶上正常年景,该当抱孙子了呀。

离战场越来越近了,隆隆的炮声愈加沉闷。怀炳老汉不敢再往下思想,他吭吭咳嗽一阵,感到脚下发飘发虚。他只好再用些力气,把腰弓成一只大虾,使自己的步子不至于凌乱。身上的棉衣湿了干,干了湿,又凉又硬;头发、眉毛和胡须结了一层冰碴,用手一撸,噼噼啪啪往下掉。

在小娥的脑袋瓜里,柱子是另一种模样。三年前,一乘小花轿把她从东王庄抬到了西王庄。她的男人大贵和柱子是没出五服的堂兄弟,迎亲那天,柱子过来帮忙,端茶递水招呼客人。柱子的装束同其他的乡下同龄少年没啥区别,他们留着同样的发式,戴着同样的翻耳棉帽,穿着同样的对襟棉袄挽腰棉裤和圆口棉鞋,就连他们甩鼻涕的动作也几乎一模一样。但小娥却从他们中一眼挑出了柱子,他眉目柔顺,神态腼腆,衣着洁净,手脚灵便。吃饱喝足之后,小叔子辈侄子辈的冒失鬼们都涌到她的新房,信口胡诌,脏话不断,有的还动手动脚,撩拨得她耳热心跳,满面羞红,让她恼不得怒不得,只有招架的分儿。唯有柱子立在一旁,立在冬日的阳光下,丝毫不为所动,似乎他还是个童蒙未开的雏男。可他的个头是同龄人里最高的,他唇边的茸毛已经变粗变硬了。那一刻,她希望他也能过来,主动同她攀谈几句,哪怕说一些过头的话也不要紧。但待了没一会,他就一声不吭地走开了。

到了晚间,她才发现自己男人是个不可救药的痨病腔子,男人咳得地动山摇,梁上的尘土给震得纷纷往下落,烛光和窗户纸都跟着打战。服侍男人睡下后,她和衣而卧,许久无法入眠,不觉又想到了柱子。天明醒来,枕头湿了一片。两家住在一个胡同里,往后见面的机会天天有,但每次碰上,他都规规矩矩叫一声嫂子,多余的话一句也不说,多余的动作一个也不做。

小娥过门不到一年,男人就卧床不起了。以后每次回娘家小住,公公都差柱子代劳,送她接她。这年春天的一个下午,他们并肩行走在回西王庄的小路上,柱子吭吭哧哧告诉她,有媒人给他提了一门亲,对方是东王庄大财主冯三多的小闺女冯桂香,他爹有点动心,冯三多也挺有意。小娥猛地驻下脚步,身子靠在路边一棵白杨树上说,兄弟你可别犯傻,俺和那冯桂香一块长大,对她知根知底,她要脸蛋没脸蛋,要身段没身段,屁股瘪得像柿饼,怕是连个胎都坐不下;这且不说,她外不会种庄稼,内不会做女红,你娶这种媳妇图个啥?俺叔是看上了冯家的钱财,冯家是看上了你这一表人才。其实呢,冯家一文钱都恨不能掰成八瓣花,一年到头从来不吃三顿;即使冯家舍得给你家钱财,你说钱财金贵,还是人才金贵?小娥胸脯一起一伏,喘口大气,又说,傻兄弟,要是那冯桂香赶上你嫂子一根指头,俺就赞成这门亲事。后来怀炳老汉特别感激小娥,说幸亏她给搅黄了这门亲,否则就坏大菜了。因为去年入冬土改时地主冯三多挨了枪子儿,柱子若是当了他女婿,不也得脱层皮,更别说参加解放军了,怕只有参加还乡团的分儿。

那个美妙的下午,小娥依靠着一株挺拔的白杨树,说着说着就走了眼。路上不时有一对回家的小夫妻走过。天上不时有一双归巢的鸟儿飞过。田里不时有两只漫游的瘦狗跑过。小娥热辣辣地说,兄弟,你信吗?嫂子至今仍是根掐花带刺的嫩黄瓜呀,你大贵哥一口都没吃上呀,男人想做的事情他一件也做不了呀。话未说完,泪已沾襟。人都说小娥的脸蛋如月亮一般亮,人都说小娥的眼睛如星星一般明,但柱子就是不敢抬头看她的脸,柱子只是低头瞄她的脚。他浑身冒了汗,脸上水汽涔涔,讷讷地说,嫂子你别难过,大贵哥会好起来的。又说,天不早了,咱回家吧。回答他的,是一声长长的叹息。

再往后,男人一只脚踩阴间一只脚踏阳间,折腾了快两年。小娥收了芳心,尽心尽力侍候男人。埋了大贵,再定眼看柱子,见他不仅挺拔,而且健壮了。却就在这当口,柱子扛起枪走了人。

谁知道啥时候才能再见面?小娥也不敢往下想了。

第二日中午,他们在靠近莱芜城的一个小村子里卸下粮食。怀炳老汉把三大包袱煎饼交给一个收粮的老兵,只留下筷子般高的一摞。草草吃过午饭后,带队的头头招呼大伙往回返。怀炳老汉和小娥一商量,决定加入另一支民工队伍,往前线运弹药。怀炳老汉嘱咐几个乡亲,让他们回去后告诉他家老婆子,就说他和小娥给柱子送东西了,晚些日子回家。

城北面的丘陵地带是莱芜战役的主战场,那里枪炮声密得成了疙瘩。怀炳老汉沿途看到很多建筑物上用石灰水写着一些斑斑驳驳的大字,就问小娥写的啥。小娥指着一溜院墙上的一排石灰字说,打倒蒋介石,解放全中国。老汉又问,蒋介石是谁?小娥想了想,说,他是个不让咱老百姓吃饱饭的人。老汉琢磨了一下,说俺明白了。

临近黄昏时分,仗打完了。小娥搀着怀炳老汉立在一个高坡上。遍地躺着数不清的尸体,遍地是燃烧的灰烬。他们心惊肉跳,不敢往那上面看。刚打了大胜仗的解放军正在收拢,准备脱离战场。

柱子在哪儿?老汉一颗心像槌子击鼓那样怦怦着。小娥瞪大眼睛,在活着的人群里寻找。她闻到了一种非常刺鼻的气息,这种气息令她五内翻卷。她想起柱子曾经向她描绘过一种气息。这就是让柱子心魂不安的那种气息吗?小娥弄不清楚。

一个挎盒子枪的军官牵着匹高头大马从高坡下经过。怀炳老汉冲他说,同志,你见没见俺家柱子?军官说,叫柱子的忒多,哪个部队?老汉忙说,噢,他大号叫王长柱,是一纵七团三营的。小娥补充道,三营九连二排六班的。军官摇摇头说,一纵、二纵、七纵的人都在这里集结,乱得很,怕是难找。

此时,队伍已归拢完毕,开始行军。成千上万的兵依次从他们面前经过,怀炳老汉和小娥大气也不敢出,眼睛更不敢眨,一动不动地望着那些扑面而来的身影。可这些身影几乎一模一样,步伐都很疲惫,衣服上都有烧焦的痕迹,而且大都沾着血,面孔都黑得像包公,只有牙齿和眼珠子是亮的。不多一会,怀炳老汉的眼睛就花了,他说,大贵家的,我眼力不济,你可要瞅仔细点。小娥下意识地点点头。突然,小娥尖叫道,叔你快看,那一个像柱子。等那一个近了,近了,再看,却根本不是。小娥急得快要哭了。

就这样,这一老一少迎风站立,用力寻找,直到队伍过完了,也没见到柱子。怀炳老汉木呆呆的,手脚冰凉,一阵风吹来,差点把他刮倒。小娥背过脸去,偷偷抹了把清泪。

夜幕已罩下来,远处偶尔响起零星的枪声,四周静得瘆人。正不知咋办时,又有一支担架队匆匆路过,二人赶忙下了高坡,伸头打量担架上的伤号。蓦然,一个熟悉的面孔终于映进了老汉的眼帘——但不是柱子,是和柱子一个排的解放兵小算子。小算子也认出了怀炳老汉,示意抬担架的人停一停。老汉急煎煎地问,俺家柱子呢?

小算子吃力地说,已经开拔了。

老汉哦了一声,他咋样了?

小算子说,他了不得呢,上了战场比谁都猛。今天下午,他亲手捉了个少将师长,还在火线上入了党,当了班长,都成了我的上级啦。

不知不觉,老汉的脸上涂满了泪。小娥也模糊了双眼,脑袋里像开锅一般,但心里踏实了许多。老汉又说,他挂彩了吗?

小算子说,受了点轻伤,左胳膊让炮弹皮咬了一小口。

这点伤不算啥。老汉大声说。说完,他俯下身子,猛不丁攥住小算子的一只手,孩子,你咋了?

小算子用另一只手指指胸脯说,没啥,两颗混账子弹不长眼,钻进去喝血吃肉了。奶奶的,便宜了它。

你不是说子弹会绕着你飞吗?老汉冒出一句傻话。

一次,小娥幽幽地说,咱们队伍总打胜仗,照这样子打下去,不出几年就会夺了他老蒋的地盘。等全国解放,俺柱子兄弟官当大了,进了城,再娶个城里的洋婆娘,会不会忘了咱西王庄?老汉胡子抖了抖,一跺脚说,他敢,看俺不敲断他的腿。他就是住上了金銮殿,也不能忘本。人呐,啥都好说,就是不能忘本。

春天快要结束时,队伍调头北上,再次踏进沂蒙山。

山山岭岭,沟沟壑壑,一眼望不到边。山上的树绿了,路边的花开了,蝶儿贴着枝头翩跹,蜜蜂绕着花蕊旋转。空气里流窜着芳香,布谷鸟儿在眼望不见的高处声声啼叫,清亮的溪水倒映着山冈树木和蓝天白云。小娥就觉得眼里溢满了斑斓的色彩,心里荡漾着浓稠的情感。在缭绕不绝的阳光、月光、清风和植物的芬芳中,小娥一次次不可遏制地想到柱子。半年前的那个下午,小娥正在屋里给她娘家的兄弟纳鞋底,柱子突然闯了进来。人都说寡妇门前是非多,自打大贵死了后,柱子这还是第一次踏进她的门槛。她禁不住眼睛发潮,鼻子发酸,心尖子撞得胸房又疼又痒,手脚一时不知往哪儿搁。柱子给她带来了离家参军的消息,她不信,死也不信,说你骗嫂子玩呢。柱子说,是真的,俺啥时候骗过嫂子。小娥当即噤了声,许久才说,俺早知道西王庄留不住你,任谁也留不住你,这是命。原本呢,兵荒马乱的年月,是好马就得拉出去遛一遛,是好男就得扛上枪抖一抖,这才不枉来世上走一遭。嫂子一句拦你的话都不想说。只是,你这一走,把嫂子的心也带走了呀。唉,不说了不说了,这是命。柱子似乎也动了心,说,俺记住了嫂子的情,更忘不了嫂子的恩,只要俺不死,总有再见面的那一天。小娥忙伸手捂他的嘴,说这种不吉利的话万万讲不得。

小娥拿过未纳好的鞋底,让柱子试一试,说如果大小正好,这双鞋做好了就是他的;如果不合适,她另做一双。一试,差了许多,小娥生气地把鞋底扔到了一旁。这时,她的公公在外面大声咳嗽,她的婆婆在窗下走来走去,柱子不宜久留。送柱子出门时,见一队士兵训练归来,柱子就说,嫂子,兵们身上的气息忒好闻,只有上过战场的人才会有这气息,你说是吗?小娥说,用不了多久,你也一样的,只是不知俺能否闻得到。柱子说,你会的,只要有心,就能闻到。

接下来的日子,小娥熬红了眼,把她的心魂缠绕在一针一线上。但时间太紧,她没能在柱子离家之前把那双鞋赶做出来。现在,那双千层底的布鞋就掖在她的怀里,每走一步都能觉出它的分量。它像一双大手,一下一下蹭她的肉;它又像两把小锤,扑通扑通敲她的心。她早想好了,她要等他再打了大胜仗时,把他叫到没人的地方,变戏法似的拿出它来,逼他洗干净脚,然后亲手为他穿上。傻兄弟,傻柱子,感觉舒坦吗?行了,啥也别说了,穿上嫂子做的鞋,唱着歌谣走天涯吧。

田里的麦梢变黄了时,他们进入蒙阴县。再往前走,就是孟良崮。

孟良崮到了。

天爷,这是啥地方呀。崮上的石头全成了红的,崮上的树木全成了碎的,崮上的野花和小草一棵也不见了。活着的人都扯着喉咙疾号,对着天空放枪。怀炳老汉和小娥扔下小推车,跌跌撞撞往活人多的地方跑。

在孟良崮西面的山脚下,他们终于找到了一纵七团三营九连二排。二排只剩下六个活着的,怀炳老汉一个也不认识。他抓住一个小战士的胳膊,用力摇晃着说,柱子,王长柱,他在哪儿?

小战士说,大爷,俺不认识他。

他明明就是二排的,咋会不认识?老汉生气地说,你们刘排长呢?

小战士急火火地把他二人带到伤员堆里。刘排长肚子上全是弹洞,一条腿也不见了,小脸惨白得像一张白面煎饼。刘排长使出最后的力气,断断续续告诉怀炳老汉和小娥,柱子半年前就牺牲了,那是他参军离家的第七天。在费县境内,他头一次参战,刚进战壕,就被一颗流弹击中了,一句话都没留下。说罢,刘排长抬手指指上衣口袋,就咽了气。

小战士从刘排长的上衣口袋里掏出一张沾了血迹的照片,递给怀炳老汉。这是柱子此生留下的唯一一张照片。照片上的柱子身着戎装,怀抱钢枪,抿嘴凝眉,表情平静地望着他顿显苍老的爹。小娥的脑袋轰轰地响,仿佛全身的筋骨都被剔了去。怀炳老汉可能哭了,小娥看到他的嘴角一抽一抽,但她听不到他的哭声。她死死抱紧他的胳膊,不让他倒下去,同时也使自己不倒下。

这时,凉风呼呼地刮起来,天上雷声隆隆,浓重的血腥气呛得人睁不开眼。怀炳老汉忽然想起什么,他吩咐小娥把车子推过来,又吩咐小战士把刘排长的遗体放到车上,由他推着车子朝前走。走到一个炮弹坑跟前,他说,就埋这里吧。

三个人以手做锹,往坑里填土。怀炳老汉边往下撒土边说,孩子,你说走就走,再也回不了家了,你娘还天天盼你回去呢。她让俺捎给你的煎饼你一口也吃不上了。你干娘——咱家那棵香椿早就满院子飘香了。你临走时埋在窗户下的枣核儿也该发芽了。说完,他从小推车上取下那个小包袱,把早已碎成粉末的煎饼撒在黄土上。奇怪的是,在做这些事情的时候,他没有流泪。

小娥也没有流泪。那个瞬间,她觉得自己闻到了一种彻骨入髓的芳香。她想这一定是柱子兄弟向她描绘的那一种气息。

埋了刘排长,怀炳老汉哆哆嗦嗦点上烟袋锅。他哑着嗓音问小战士,孩子,你叫啥名字?

小战士说,大爷,俺叫赵天成,小名成子。

老汉认真打量了几眼成子,从怀里摸出那个已褪了颜色的护身符,说,孩子,戴上它。

小娥也把那双千层底布鞋拿出来,说,兄弟,穿上吧。

老汉仔仔细细帮成子戴好护身符,小娥小心翼翼帮成子穿上新布鞋。那边,号声响了,成子噙着泪珠冲他们敬了个礼,迈开大步朝队伍跑去。

紧接着,山风呼啸,大雨骤降。风雨中,这一老一少又推起小车上了路。

二十世纪四十年代末,在沂蒙山区,在济南府外,在徐蚌大地,在那支势如潮水的支前队伍里,如果你稍稍留意,就会看到一老一少两个独特的身影。因为老的面若岩石、须发皆白,少的虽眉眼俏丽、依然鲜亮,但三尺青丝中已含了缕缕白发,所以他们格外引人注目。

生灵之美

月亮爬上来时,长路晓得留根该上路了,心头不由颤动了好一阵子。它站在槽头前,看到自家的土坯房在月光下闪着寒光,房顶黑瓦缝里的野茅草随着小风摇摆,柴门旁的那棵老橡树像一个巨人那样,久久打量着同处于寂静之中的整个西大洼村。长路竖起尖尖的耳朵,这时便听到不远处的晒谷场上,有个细伢子打了几声尖利的口哨,随即土坯房的竹门吱呀一响,留根就像一只灵动的小猫那样,悄悄钻了出来。

长路的心提到了嗓子眼,它早就晓得西大洼村的这个穷家留不住留根,留根的心早就飞到了那些热热闹闹的地方。那种地方流血流汗,杀声震天,人的脑壳说掉就掉,但待在那里活着痛快,死时也痛快。长路虽然只有三岁多,它却赶上了庄稼人起事的年头,差不多两年前,大别山区闹起了红,后来风声越闹越紧,仗越打越邪乎,连山里的豹子、野猪、狼、山鸡和百足虫都跟着受折腾。长路就在这个闹哄哄的环境里到了懂事的年龄。

留根蹑手蹑脚往外走,长路不错眼珠地盯着他。它想往后可能再也见不到留根了,眼角就涢出了两颗硕大的泪滴,心里宛若刀割。长路又想应该同留根道个别,却又不敢弄出太大的响动,怕惊醒了老主人,留根就走不成了。长路只是抬起前蹄,在潮湿的土地上轻轻踢蹬了两下。留根果然怔了怔,然后径直来到长路住的草棚里,抬手在长路柔软的后脖颈和方方正正的脸上抚摸。留根说,长路,我要投红军去了,你好生在家待着吧,替爹妈多做些活。长路打了个响鼻,表示知道了,随即低下脑门在留根的衣襟上蹭来蹭去。它实在舍不得留根走,但留根又非走不可。

长路是一头小毛驴,不会说话。即使它会说话,它和留根的感情也是难以说清的。留根家只有半亩薄板田,种这点田用不着牲畜,主人之所以豢养它,是为了往信阳拉脚运货,挣点钱粮养家糊口。细说起来,它就是在留根家出生的。到了它能上驾的年纪后,它母亲只得离开留根家,因为主人养不起两头牲畜。如果不是由于留根,被卖到别处的肯定是它了——老主人不喜欢叫驴,叫驴不能抱崽,无法为主人繁衍后代。可它偏偏是头叫驴。它落草之后第一眼看到的就是留根,留根穿着带肚兜的小褂,脑袋剃得油光瓦亮,只在脑心那儿留着一撮毛发。它和留根的感情打出生那一刻就开始了,留根兴奋地望着被母亲一下一下舔舐的它,忍不住过来把它抱在了怀里,从头到蹄把它抚摸了一个遍。看留根那高兴劲儿,仿佛刚得了个亲兄弟。它的名字也是留根给取的,留根说,你长大了要跟我跑长路去信阳拉脚,干脆你就叫长路吧。转眼三年过去了,留根长成了壮小伙儿,长路牙口也硬了。留根没有兄弟姐妹,长路更是孤驴一头,他们一天也没分开过,他们之间的亲密程度可想而知。留根没有好吃的给长路,长路从不怨他;长路有时干活偷点小懒,留根也从不惩罚它。长路身子骨膨胀起来后,在路上见了某一头漂亮的小草驴,有时忍不住动动感情,留根就责怪它说,我还没讨上婆娘呢,你驴日的急什么。它便咴儿咴儿地叫几声,一副不好意思的样子。长路最感到惭愧的是,它空有一身力气,却不能替留根家拉脚挣钱。现在兵荒马乱的,路上不太平,老主人担心有闪失,一直没敢让他们出远门。

留根又恋恋不舍地在长路脑门上拍了几下。借着月光,长路看到即将远行的小主人神色凝重,它晓得他要去干也许是一生中最大的事情,谁也留不住他的。时候不早了,留根抬脚往外走,长路再也控制不住自己,使劲地喷着响鼻,绷紧了辔头去追留根,头顶上的那朵拴着它的梅花扣不住地颤动。但长路再挣扎也没有用,留根已经走远了。

咴儿咴儿——长路终于发出了嘹亮的嘶鸣,就像战马那样。它的鸣叫声传遍了整个村子。

夏天一过,长路已经能够在暗夜里听到枪炮的响声。它晓得那些枪弹是人类自己对付自己的。说实在话,长路和其他畜类一样,是甘心为人类驱使的,因为人类是世界上最了不得的动物,是世界的主宰。它曾在稻田里见过某一头自恃力大不服人类管教的水牛,结果三下两下就被愤怒的主人收拾得服服帖帖。长路就想,在人类面前,畜类只有老老实实低头干活,而不能总想着抬头发威,否则自找苦吃。长路起初不大明白的是,为什么人类自己还闹来闹去,你杀我我杀你的。但长路很快就从村里丁大财主家的几匹牲口身上找到了答案。丁大财主家养着两匹马、两匹骡子,它们经常拉着一辆花轱辘马车在官道上来往,它们一匹匹吃得膘肥体壮,身上流油,脖颈下的铜铃格外脆响,见了别的穷牲口，它们牛×得不行，横眉立目，趾高气扬，似乎多长了一只卵子。它们并不下田干重活，可它们凭什么就比那些下苦力的穷牲畜多吃多占？每每见了它们，长路就气得咬牙切齿，恨不能撕烂它们。于是长路就明白了，畜类之间尚且有这么多不公平，那么，人类就更不好说了。天地间的事情就是这样，不公道的地方一多，就会乱套的。

在某一天的拂晓时分，长路有生以来第一次目睹了人类间的杀戮。那天夜里，世界静得像是死去了，没有风，薄薄的雾气在空中荡悠，天蒙蒙亮之后，长路隐隐听到了远处传来的响动，不久，枪炮声齐鸣，一大群黄衣兵突然包围了西大洼，那些来不及逃走的人畜顿遭灭顶之灾。老主人两口子刚从土坯房里露头，就被三个黄衣兵开枪打死在门槛上，血流了一地。长路躲在草棚里看得真真切切，它害怕极了，吓得大气也不敢出。这时它又听到东院丁小栓娶进家门不久的新娘子发出的哀叫声。丁小栓刚入洞房三天，就和留根一起外出投红军了，他的新娘子九香可漂亮了，别说人，连长路都跟着眼馋……没等长路回转神，就见一个黄衣兵端着大枪往草棚这边走来，长路晓得该轮到它了，不由浑身打战。它不想等死，就咬紧牙巴骨，使出五内之气，猛地挣脱了缰绳，腾起四蹄往外狂奔。那个黄衣兵朝它叭叭地打枪,子弹从它耳边嗖嗖飞过,它什么也顾不上了,只晓得往人少的地方跑。在村口,长路看到王老拐家的大牯牛倒在地上,肚子被刺刀捅了个稀巴烂。

长路一口气跑到了山里。

现在,长路终于认清了,那些穿黄衣服的兵不是好人。

长路已经无家可归,它在山里躲了好长时间,有一次差点被一只凶猛的豹子吃掉,还有两次差点被搜山的黄衣兵逮住吃肉。它想,总待在大山里不是个办法,尤其是它非常思念留根,于是就沿着山势朝有号声的地方走。它还想,只要找到了留根的队伍,就不愁找不到留根。

毛竹的叶子开始发黄时,下了一场小雪。长路这时到达了黄安附近。一天中午,它站在一个高高的山冈上,恍惚听到远处传来乱成一团的嘈杂声,隐约看到前面的半边天都烧红了。正纳闷时,一群逃难的野物和家畜从山脚下路过,长路用叫声询问一头笨拙的黄牛。黄牛哞鸣着对它说,那边正在打仗,快跑吧,你还愣着干啥,难道想送肉上门吗?长路没去埋会黄牛的嘲弄,它想,一定是留根他们在和黄衣兵打仗。于是,它赶忙下山,朝着枪炮声走去。

那天下午,没有人发现长路走进了战场。它看到这里刚打过一场大仗,遍地是死人死马和支离破碎的枪炮。一群群黄衣兵举着双手,被一群穿灰布军装戴八角帽的人押解着,这些灰衣兵帽子上的红五星格外抢眼。长路心里痛快极了,它想这肯定是留根的队伍了。既然是留根的队伍,也算是它的队伍。于是长路不再害怕,大摇大摆走出水杉林子,靠近了自己的队伍。

过了好久好久,过去了好多好多的灰衣兵,却一直没见留根露面。但长路不死心。这时,又开过来一支整齐的队伍,长路继续瞪大眼睛寻找。苍天不负苦心驴,它果然看到了一个再熟悉不过的影子!它腾起前蹄,咳儿咳儿地鸣叫起来。

留根眼睛一亮,他也发现了长路。留根冲出队列,朝长路奔来,死死搂住了长路的脖子。长路的眼泪霎时便下来了。留根说,长路长路,你怎么跑来了?长路有很多很多的话要说,它想告诉留根,老主人两口子都被黄衣兵打死了;它还想说,它也差一点被那些坏人打死吃肉。但它说不出来,它只能一下一下地在留根比先前结实了许多的胸脯上蹭来蹭去,留根身上的硝烟味儿令它着迷。此时,留根的眼里也噙着泪,仿佛长路要说的他都早已知晓了。

一个挎盒子枪的人大声问留根,王排长,怎么回事?

留根就把过程讲了讲。留根又说,营长,把它送到团后勤辎重队去吧,帮咱们驮货。

营长打量着瘦骨嶙峋的长路,说,它行吗?

留根像过去那样使劲拍拍长路的屁股,信心十足地说,没问题!

长路痛快地打了个响鼻,好像在说,我早就盼着这一天了。

后勤辎重队里有各种模样的驴和骡子,还有一些不能当坐骑的劣种马。加入了红军队伍后,长路兴奋之余,又常常为自己感到难过。有一天宿营时,留根来看它。留根摸着它的脸颊对饲养员说,老同志,请你好好喂喂它,它饿了好几个月,瘦得不像样子啦。饲养员说,把它喂得再肥,也不能给你当马骑。就在这时,有一队骑兵从他们身边经过,长路看到,留根眼里露出热辣辣的光。它低下头,猛然想到,自己要是一匹骏马该多好啊!那样,它就可以给留根当坐骑。它精神抖擞地驮上留根,嘶鸣着到硝烟炮火之中勇猛奔突,留根手中的马刀寒光一闪,就有一个黄衣兵被劈成两半;留根手中的马枪叭哒一响,又有一个黄衣兵碎了脑壳。它自然也不甘落后,就张开四蹄,一次次将黄衣兵踏翻在地。他们人马合一,凛然无比,勇不可当。他们像一股旋风,在地上呼啸;又像一颗流星,在天边闪耀。每逢打了胜仗,留根都拍着它的脸颊说,老伙计,多亏了你呀,你可真是好样的。它抖抖鬃毛,喷着响鼻,悠闲地甩着四蹄,故意摆出一副谦虚的样子,好像在说,没啥没啥……还有,要活,他们就一块活;要死,他们就一块死……

往后,长路常常在梦中见到这样的图景,醒来后不由一阵怅然。

然而,往前线驮过两次货物后,长路就想通了。古人常讲,兵马未动,粮草先行。如此说来,长路它们也算急先锋了。隐蔽在战壕里的同志们每逢见到它们嘚嘚地跑来,那高兴劲儿就别提了,比见到亲娘老子还亲。尤其是紧要关头,它们把弹药往上一运,黄衣兵们就得跟着多死一批。弄清了自己的使命,长路再干起来就欢心多了。它虽然身子骨弱,体力还没恢复,但它仍是不甘落后,每次驮货,都用期待的目光祈求辎重兵多往自己身上装一些。行起军来,它尽量跑在最前面。它的这个小家族本来就具有忍耐负重的优良传统,想当年它母亲肚里怀着它时,往信阳拉脚,百十里路,一天一夜就跑个来回,都不带眨眼的。它现在给红军干活,图的是消灭那些杀人放火多吃多占的黄衣兵,就更不能耍奸使猾了。退一步说,就凭它是留根喂大的这一点,它也不能给留根脸上抹灰。辎重队里有几匹同伴不咋样,又懒又馋,长路很瞧不起它们。特别是那匹白颜色的小母马,长得蛮漂亮的,可就是懒惰,还胆小如鼠,听见枪响就拉稀,就畏缩。长路赌气地想,就凭这德性,你他妈再风骚迷驴我也不会动心的。长路一直坚持不向它献殷勤。

山上的树木全都变绿了时,鄂豫皖红军倾全力攻打苏家埠。这一仗打了一个多月,打得天昏地暗,遍地淌血。现在长路一闻见硝烟味儿就兴奋得不行,它一趟又一趟地往前线驮货,有时好几天顾不上打盹。它的背上磨出了一串串的血泡,左耳还中了一弹,留下一个豁口。这天午后,它们的辎重队在途中遭到炮击,长路与队伍失去了联系。它没有像某些驮子那样仓皇失措往河柳丛里钻,而是朝着枪炮声最密集的地方跑去,它晓得,哪个地方打得热闹,哪里的红军就更需要它身上的东西。

在这天的战斗中,留根所在的连队担任主攻。起初进展顺利,后来一个坚固的碉堡挡住了他们的去路。没有炮火支援,手榴弹也都用光了,光靠轻火器不顶用。留根急得大声骂娘老子。就在这时,留根听到了一阵熟悉的咴咴声,他一回头,果然看到长路正四蹄腾空朝他跑来。长路驮来了四箱子木柄手榴弹,留根和他的弟兄们高兴坏了。

这天晚些时候,留根他们才晓得,那个大碉堡竟然是敌皖西"剿共"总指挥厉式鼎的指挥所。士兵们用长路驮来的手榴弹开路,一束束地往外甩,一口气就把厉式鼎炸得吃不住劲了。厉式鼎举手投降时虽然穿着士兵服装,还是被留根他们认出是个大官。

苏家埠大捷结束后,红军举行庆功大会,一批战斗英雄被请上主席台戴红花,其中就有留根。长路它们歇脚的地方离会场不远。长路竖起脖颈,看到留根威武地朝徐向前总指挥敬了个军礼。仪表堂堂的张国焘也坐在主席台上。长路前一阵子常听人们背后骂他乱搞肃反、滥杀无辜。长路有点不明白,为什么红军里头也有坏人。

留根当上了连长。留根可真是出息了。长路打心眼里为自己的小主人高兴。想想一年前,留根还和它一起在西大洼胡混呢。留根经常偷偷摸摸到有钱人家的果园里搞吃的,有时还悄悄往小姑娘的脖领子里丢毛毛虫什么的,或者半夜溜进别人家的垸子里学鬼叫,吓唬那些胆怯的小媳妇。它呢,更不好意思提了,反正村里那几头小草驴晓得它的那点毛病。现在瞧瞧,转眼之间,留根就成了红军的连长,它也成了红军队伍里四条腿阵容中的干将。看到留根戴上了大红花,长路心里也有点痒痒,它想它也该戴一朵大红花才是。

  长路吭吭吭地叫了几声。这是它舒心的笑。

  情况很快就变得不妙了。在接下来的那个炎热的夏天,长路听人讲有几十万黄衣兵涌进了大别山,红军再想打个胜仗就难了。红军只好连续行军,东跑西颠,很多人得了烂脚病。长路跟随队伍,沿途看到了许多尸体和枪械粮秣,尸首上落满了蚕豆大小的绿苍蝇。长路所在的后勤辎重队也严重减员,能够驮货的牲口已经没几头了。

  长路好歹算个四条腿的老兵了,残酷的场面也见了不少,但这天它在七里坪附近的所见所闻一辈子都忘不了。笔架山下的倒水河至古风岭一线阵地,炮声隆隆,杀声震天,完全成了人肉和烈火的海洋,双方像拉锯一样杀得难解难分,肉搏战一轮接一轮,浓得仿佛再也化不开的血腥气把长路的脑袋都搞昏了。太阳偏西时(其实战场上天光已经难辨,这只是长路的估计),辎重队准备第四次上火线。臀部刚中了一弹的长路听说这回往留根他们阵地上驮弹药,硬是咬牙坚持着站在了队列里。它们冒着猛烈的炮火往前跑时,长路突然想到,死了这么多的人,留根这回怕是凶多吉少了。如果留根死了,它想它也会难过死的。

在倒水河边的一片被炸得七零八落的野山楂林里,长路见到了仍然活着的留根,心里一块石头这才落了地。留根脸上身上全是血,长路几乎认不出他来了。留根的连队还剩下五个人,那四个嚷着要他们的连长下去治伤,留根死也不肯。这时黄衣兵又冲上来了,留根他们用长路驮来的弹药还击。黄衣兵被打退后,长路看到留根身上又多了一个枪眼。

留根仰躺在战壕里。长路赶过去,前蹄一弯跪在地上,伸长脖子吭哧吭哧安慰他。见留根就要死了,长路心疼得流出了眼泪。它用湿唇拱留根的手和脸,试探着伸出舌头舔舐他身上的血迹。它看到留根的眼睛是红的。但留根没有流泪,留根只是说,长路长路,你小子哭了吗?你可别像个娘们呀,说哭就哭,战场上可以流血流汗,可就是不能流眼泪。说完,留根抬手抹一把脸上的血花,轻轻唱道:走上前去,曙光在前头,同志们奋斗!用我们的刀和枪开自己的路,勇敢向前冲!同志们赶快起来,赶快起来同我们一起建立劳动共和国。战斗的工人农友、少年先锋队,是世界的主人翁,人类才能大同……

这是红军的歌,长路听过不知多少遍了。这歌唱得多好听啊,长路想,不但人类希望大同,就是它们畜类,也希望人类大同啊。人类一大同,它们畜类的日子可能也会好过一些呢。

长路不会唱歌,现在,它只有和着韵律,用面门一下一下蹭留根的额头。留根唱完了,长路的眼泪也干了。长路就想,既然留根都已经抱定了必死之心,它一头小小的微不足道的毛驴,还有什么可惧的?虽然它年纪不大,但它经历的事情不可谓不多了。并不是所有的毛驴都有这样的机会。因此,即使现在就去死,它也不觉得亏了。想到这里,长路马上感到,自己的胆子壮得上刀山下火海都无所谓了。

留根双手抱紧长路的脖子,意思是请长路扶他站起来。长路用力抬头,留根就又像一根铁桩一样立在了战壕里。红军的号声在山野里回荡,红军士兵的喊杀声连绵不绝。长路紧挨在留根身边,它和着军号声和喊杀声,咴儿咴儿长嘶不已。这天下午,留根指挥他手下的几个弟兄又打退了敌人的两次进攻。黄昏时分,上级命令他们撤出战斗。留根奇迹般地活了下来。

大别山已经没有了红军的立足之地。秋天来临时,队伍边打边向西撤。长路这一阵子多次受伤,其他部位的伤还好说,就是前蹄膝盖骨的伤让它受不了。那天在两河口前沿阵地上,黄衣兵的一颗来福枪子弹正好击碎了它的膝盖骨,从此它变成了一个丑陋的瘸子。它舍不得离开队伍,舍不得与曾经朝夕相处的小主人留根分手,于是它就一瘸一拐地跟着队伍走。

天黑了,它实在走不动了,掉队了。它趴在路边的一块没有稻子的稻田里,望着疲惫不堪的队伍向西行走。再往西就是平汉铁路,队伍看样子是要离开鄂豫皖,越过平汉路,进行战略转移。

不能跟着队伍走了,长路感到非常难过。蒙眬中它看到留根搀着一个伤兵走了过来。它想呼唤留根,让他最后再抚摸一下自己,听他说几句话。但它最终还是忍住了,它可不想这个时候再让留根分心。现在,长路已不指望他们还有再见面的那一天。它默默地望着留根消失在眼力不及的地方,然后困难地扬起脖子,用尽全身的力气,朝着队伍远去的方向,咴哦咴哦地放声悲鸣。它好像在说,别了,留根!别了,红军!

就像那次离开西大洼一样,长路又开始了漫无目标的游走。它一瘸一拐,尽量选择没人的地方走。一路之上,长路见到青山秃了,河水染红了,村子不见炊烟,田野不见禾苗,到处是残垣断壁。

长路以前不是没想过,它早晚也会像其他畜类禽类那样,成为人类饭桌上的美味佳肴。对这个迟早要来的结局,它并不感到多么恐惧。它身上一共留下了七处伤痕,腿瘸了,耳朵也快被炮火震聋了,再活下去实在没有多大用处了。现在,它只有一个信念:就是被狼吃掉,也不能被黄衣兵逮着。

这天黄昏,它走进了一座深山,山上的林木像汹涌的波涛那样起伏,夕阳挂在远方的天际,血雨般的余晖泼洒过来,山峦红遍,层林尽染。长路伏卧在山坡上,伴着这景色沉沉睡去,一夜无梦。

醒来时已是次日黎明。它看到它的辔头抓在了一个老汉手里。老汉蹲在它面前,正爱惜地抚摸它的一个又一个伤疤。见老汉像个厚道的庄稼人,长路一点也没挣扎,它喷喷鼻子,意思是说你如果饿了,就吃我的肉吧,我不怪你。

老汉并没有吃它的肉,而是把它带进更远更深的山林里。一路上,老汉絮絮叨叨反反复复地说,他的两个儿子都投了红军,又都战死了;他老伴和两个女儿也被国民党用刺刀挑了;家里的房子也被烧了。老汉最后拍着它的脑门说,往后,咱两个一块儿过吧,做个伴儿。听老汉的口气,倒像在恳求它。

山上的林木绿了又黄,黄了又绿。长路已记不住绿过黄过多少回。直到有一天,老汉兴冲冲地从山外回来,大声对它说,老伙计,听说刘邓大军到咱大别山来了。长路没听懂他的话。老汉又说,这刘邓大军就是先前的红军呀!

老汉带它出山时,它几乎都不会走路了。老汉也老得快迈不开步子了。他们来到山外的官道上,看到队伍正源源不断地开过来。长路闻到了一股久违的气息,它想放声高歌,但是,它的嘴里已经发不出声音了。

一个骑着高头大马的军官迎面而来,他后面跟着四个威武的护兵。长路越瞅越觉得这人面熟。它想,会是留根吗?没等它瞅清楚,那人就过去了。而此时,泪水也模糊了长路的双眼。